회귀로

영웅독전

회귀로 영웅독점 1

초판 1쇄 인쇄일 2020년 12월 17일 | **초판 1쇄 발행일** 2020년 12월 23일

지은이 칼텍스 | **펴낸이** 곽동현 | **담당편집 팀장** 이범수
편집부 정요한 최훈영 조혜진

펴낸곳 (주)조은세상 | 출판등록 제2002-23호
주소 서울특별시 동작구 동작대로1길 27 5층
TEL 02)587-2966 | FAX 02)587-2922
E-mail bukdu@comics21c.co.kr

칼텍스ⓒ2020
ISBN 979-11-6591-495-0 | ISBN 979-11-6591-494-3(set)
값 8,000원

칼텍스 퓨전판타지 장편소설

FUSION FANTASY STORY

CONTENTS

Prologue.

150년간 도망쳐 왔다.

빛이 들어오지 않는 동굴.

나는 오랜 친구와의 마지막 담화를 나누었다.

"누가 알았겠냐? 내가 살아남을 줄이야."

지금의 나이는 182살.

25살에 전쟁이 시작되고 그때부터 단 한 번도 제대로 싸워 본 적이 없었다.

언제나 도망쳤다.

서로를 죽고 죽이다가 결국 인간들의 왕국은 모두 사라졌고 최후의 승자는 나찰, 과거 인간들에게 밀려났던 그 종족이었다.

9

나찰이 주도권을 잡은 지 100년이 지났고 남은 생존자라고는 나찰의 노예들뿐이었다.

그렇게 나만이 홀로 살아남았다.

"운은 좋았지. 운은 좋았어. 역사에 남을 전투에 모두 참여하고도 살아남았으니까. 처음에는 내가 진짜 운이 좋은 사람이구나 싶더라고."

운은 좋았으나 실력은 없었다.

언제나 후방에 있었고 전투와는 거리가 먼 곳에 있었다.

물론 그렇다고 하더라도 수많은 전투에서 무사히 살아남아 천수 이상의 생을 누린 것은 운이 좋다고밖에는 설명할 수 없을 것이다.

"덕분에 새로운 걸 배웠고 먹을 수 있는 영약은 다 먹었어. 숨겨진 비보를 발견했을 때는 얼마나 기분이 좋던지. 아직도 생생해. 내가 기억력 하나는 정말 좋거든."

가 보지 않은 곳이 없었고 싸워 보지 않은 적이 없었으며 고대와 모든 지식을 탐구했다.

재능 없는 나였지만 기억력 하나는 타고난 덕분에 한 번 본 것은 잊지 않았다.

하지만 그러면 뭐 할까?

그것을 같이 누리고 자랑할 인간이 없는데.

"근데 다 죽었어. 또 운이 좋게 나만 살았지. 항상 그랬어. 그래서 여기까지 찾을 수 있었지만 말이야."

소중한 사람들이 전부 눈앞에서 죽어 갔다.

그때마다 아무것도 하지 못하고 도망치던 인생.

조금만 부정적인 생각이 들면 어김없이 정신이 무너졌고 어떻게든 버티기 위해 조증에 가까울 정도로 긍정적으로 살아왔다.

오직 마지막 이 순간을 기다리면서 말이다.

"여기를 무덤으로 정한 건가? 궁상맞네."

동굴로 들어오는 남자.

인간과 거의 흡사했으나 이들은 모두 인간이 아니었다.

파란 눈과 은발 머리. 개성적인 작은 뿔이 이들의 특징이었다.

인간들의 천적.

나찰.

한때는 변방에서 죽은 듯이 살다 인간들을 밟고 올라서서 최후의 승자가 된 종족.

남자는 인상을 찡그리며 코를 막았다.

"냄새 나는 동굴이네."

"그럼, 내가 여기서 2년간 똥을 몇 번 쌌다고 생각하는 거야? 익숙해지라고. 그리고 좀만 기다려. 친구랑 마지막 회포 좀 풀게."

"친구?"

비웃던 남자는 어이가 없다는 듯이 말을 이어 갔다.

"그 돌덩이가 네 친구냐?"

"돌덩이라니? 내 친구라고."

그렇게 말은 했으나 사실 돌덩이가 맞다.

"인사해. 내 친구 존순이야. 있을 존(存)에 옥 이름 순(珣) 자를 써서 존순."

모든 동료를 잃은 내가 만들어 낸 가상의 친구.

"……그래, 돌덩이랑 열심히 친구 해라."

마지막 동료가 죽은 이후로 한동안 말을 하지 않았었다.

그랬더니 혀가 굳고 간혹 살아남은 인간 노예들을 만나더 라도 말이 나오지 않는 것이 아니던가.

또 입 냄새는 얼마나 나던지.

그래서 존순을 만들었다.

혼잣말이라도 상대가 있어야 하지 않겠는가?

그래야만 정신을 갉아먹는 외로움을 조금이나마 잊을 수 있었으니까.

"오랜만에 보는데 차라도 한 잔 마시면서 시작하자고. 급 할 필욘 없잖아? 안 그래?"

"누가 이렇게까지 피해 다니지 않았다면 금방 끝냈겠지."

"이제 어디 안 도망가. 여기서 끝낼 거야."

이제 끝낼 때가 되었다.

최고수의 반열에 들어 허리는 꼿꼿했으나 머리는 백발이 었고 얼굴에는 주름이 가득했다.

원래 오래 버티는 놈이 가장 강한 놈이라고 하지 않던가.

나는 인간 중에서 가장 오래 버틴 놈이었고 덕분에 최고수까지도 올라갈 수 있었다.

하지만 이 눈앞의 놈은 이길 수 없었다.

녀석은 천 년에 한 번 나온다는 천재였고 나는 스승님에게 저주받은 몸뚱이라는 말을 들을 정도의 둔재였으니 말이다.

"끝까지 너한테는 못 이겼네."

"네 실력으로는 100년이 더 있어도 불가능할 거다."

"그러게 말이야. 내 스승이 3명인데 전부 나한테 그러더라고. 저주받은 몸뚱이라고."

다시 생각해도 어이가 없다.

가장 오래 살아남은 것이 가장 재능 없는 나라니.

마지막까지 살아남은 것이 만약 내가 아니었다면 미래는 달라졌을까?

"그런데, 내가 왜 이렇게 잡혔을까 궁금하지 않아? 내가 생각해도 난 정말 잘 도망쳐 다녔는데 말이야."

"별로 궁금하지 않아. 어차피 너의 최후는 정해져 있으니까."

"아니, 아니. 생각해 보라고. 이상하잖아. 이렇게 출입구가 하나밖에 없는 동굴에서 네가 올 때까지 가만히 기다리고 있었다는 게. 네 말대로 여기를 내 묘비로 삼은 것처럼. 이상하지? 안 그래?"

"다시 말하지만 별로 궁금하지 않다."

"에이, 공짜인데 그냥 듣지? 들어야 할 텐데. 만약 내가 죽으면 궁금해서 잠도 못 잘걸? 놈은 왜 도망치지 않은 거지? 다른 꿍꿍이가 있나? 지금 듣지 못하면 평생 답이 없는 질문이 될 거야."

"잘 가라. 숙적."

검이 목을 향해 날아들었다.

반응할 생각도 없었다.

놈은 언제나 보던 것처럼 빠르고 깔끔한 공격으로 고통조차 느낄 기회를 주지 않았다.

그렇게 시야가 뒤집힌다.

'궁금할 텐데?'

아마도 나는 웃고 있었을 것이다.

'내가 회귀의 돌을 찾았거든.'

이 동굴 자체가 바로 회귀의 돌이었다.

동굴이 돌이라니.

때문에 고문서에서 그 존재를 확인하고 100년이 지나서야 찾을 수 있었다.

고문서대로라면 이제 과거로 돌아갈 수 있을 것이었다.

내가 녀석에게 복수할 수 있는 최적의 시간대로.

'처음부터 다시 해 보자.'

멍청한 놈.

그러니까 사람 말은 끝까지 들어야지.

Chapter 1.

회귀의 돌은 발동시키기 까다로운 물건이었다.

이 돌이라는 것은 동굴에 박혀 있었기에 꼭 동굴에서 죽어
야 했으며 또한 자살이 아닌 적의를 가진 자의 칼에 맞아 죽
어야만 했다.

그래서 다른 이름으로 복수의 돌이었다.

복수의 기회를 주는 셈이었으니까.

그리고 나는 그 조건을 완벽하게 완수해 냈다.

'설마 구라는 아니겠지?'

눈을 떴을 때는 밝은 햇살이 집 대문을 비추고 있었다.

갈색 나무로 만들어진 대문의 옆에는 가문의 인장이 찍혀

있었으며 바로 아래에 아버지 이름이 적혀 있다.

기억 속에 파묻혀 있던 어린 시절의 집.

대문을 밀어 열자 정원에 서 있는 아버지가 보였다.

순간 모든 것이 멈춘 것만 같았다.

"왜 안 들어와? 밥 안 먹을 거야?"

너무나도 오래되어 잊어버릴 뻔한 목소리.

30대 중반의 젊은 청년은 인자한 미소를 짓고 있었다.

아버지, 이상원.

기억 속 태산과도 같았던 아버지는 그저 젊은 청년이었다.

"왜 그래? 내 얼굴에 뭐라도 묻었어?"

"아뇨. 아닙니다."

"그럼 내가 너무 잘생겨서 반했구나? 하하하. 짜식."

저 바보 같은 농담도 이제야 기억이 났다.

"……네."

예상치 못한 진지한 대답에 당황하는 아버지를 보자 웃음이 나왔다.

"저랑 똑같이 생겼잖아요. 당연히 잘생겼죠."

"이야, 이제 받아칠 줄도 알아. 이상한 소리 하지 말고 들어와라."

정말로 돌아온 것이었다.

"돌아왔네."

이제야 회귀를 했다는 것이 실감난다.

"……정말로 돌아왔어."

꿈에서도 바라 왔던 회귀였다.

◆ ◈ ◆

식탁에는 아버지와 단둘뿐이었다.

어머니는 내가 태어나고 얼마 지나지 않아 돌아가셨다.

출산 후 지병이 악화된 것이 문제였다고 했다.

어쨌든 가장 먼저 확인해야 하는 것은 회귀 시점이었다.

14살이던 해의 9월.

딱 좋은 시기로 회귀시켜 주었다.

'아직 무과까지는 많이 남았으니 준비할 시간은 충분하다.'

무과(武科).

무관을 등용하기 위해 나라에서 행하는 시험이었다.

천민을 제외한 모든 이들이 18살이 되는 해부터 무과를 볼
수 있었고 그때부터 나라가 주는 임무를 수행할 수 있었다.

'전에는 25살이 되어서야 겨우 합격했었지.'

이번에는 18살이 되자마자 무과에 임할 생각이었다.

무사가 되면 여러 가지 특권을 누리며 활동할 수 있었으니
비교적 자유롭게 계획을 실행할 수 있다.

'괜찮아. 계획은 완벽해.'

회귀의 돌에 대한 것을 알아낸 후 나는 회귀 후 막아야 하는 사건 기록을 달달 외우며 계획을 세웠다.

어이없게 죽은 고수들을 구하고, 비극적으로 성장하지 못한 천재들을 돕고, 적의 손에 넘어간 비급과 보구를 선점하는 것이 그런 것들이었다.

하지만 그러기 위해서는 선행 조건이 필요하다.

바로 나 자신이 강해지는 것이다.

'당장 시작해야 해.'

내 표정이 어두워지자 아버지가 슬쩍 고개를 들며 말했다.

"기분이 안 좋아 보이네. 관장님이 부른 것 때문에 그러는 거니?"

"관장님이요?"

그제야 14살, 9월에 있었던 일이 떠올랐다.

진급 시험을 한 달 앞둔 날.

관장인 양금호가 부모님을 데리고 오라고 했었다.

자퇴를 권하기 위해서였다.

무예에 소질이 없으니 자퇴하고 새로운 길을 찾으라는 것.

관장이 이렇게 말하는 데에는 이유가 있었다.

나는 청신(靑申) 이 씨라는 힘 있는 가문 출신이었다.

할아버지가 일으킨 우리 가문은 현재 왕국에서 가장 힘 있는 가문 중 하나였다.

그런데 왜 시골 허름한 집에서 살고 있냐고?

그건 아버지가 약사가 되겠다며 집을 나왔기 때문이었다.

무사가 되는 것 외에는 그 어떤 직업도 인정하지 않는 집안의 특성상 아버지는 반쯤 버린 자식이 되어 버렸고 모든 지원은 끊겼다.

하지만 속사정이야 어찌 됐든 다른 사람들에게는 그저 이름만 보일 뿐이었다.

평민들에게 청신은 올려다보기 힘들 정도로 높은 명문가였고 시골 학관 관장은 전액 장학금에 특별 관리까지 하겠다며 입학을 권유했다.

청신(靑申)이 다닌 학관이라는 간판만으로도 그럴 가치가 충분했으니까.

하지만 행복한 일들도 잠시.

나는 최악의 점수를 받으며 낙제를 거듭했고 상황은 급변했다.

이름난 무사 가문의 도련님을 데려다가 성적을 내지 못하면 학관은 명성이 올라가기는커녕 바닥을 뚫고 내려가기 때문이었다.

'그래서 자퇴를 권했었지.'

장학금도 끊기고, 자퇴해야 하는 상황.

사실 냉정히 말하자면 난 자퇴를 했어야 하는 실력이었다.

하지만 어린 시절의 나는 무슨 일이 있어도 진급 시험을 보겠다고 고집을 부렸었다.

그 결과 연습 때보다 빨라진 시연 속도에 따라가지 못하고 중간에 멈춰 아버지 앞에서 개망신을 당했었지.

하지만 이번에는 다르다.

고작 14살이 하는 시험.

14살에게는 인생에서 최고로 어려운 시험이겠지만 나에게는 아니었다.

'조금만 연습하면 충분할 거다.'

아무리 몸이 어려졌고 체력은 사라졌다고 하지만 조금만 수련한다면 그 정도도 통과 못 할 리가 없었다.

그때 아버지가 말했다.

"무슨 소리를 들어도 상관없단다. 조금 늦어도 돼. 시작이 늦더라도 끝까지 가는 사람이 이기는 거란다. 알겠지?"

"네. 자주 말씀하셨죠."

"내가 그랬나?"

"그럼요."

저 말을 믿고 끝까지 갔었다.

이번에는 시작도 빠르게 할 생각이었다.

동산학관(東山學館).

희미하던 기억 속에만 존재하던 나의 첫 학관.

하지만 반가움 따윈 눈곱만큼도 없었다.

"이곳은 지금도 재수가 없네."

학관 정문을 지나 들어가자 어제 일처럼 생생하게 기억이 났다.

실력이 없다는 이유만으로도 왕따를 당했던 그 시절.

매일같이 내일이 오지 않기만을 바라던 날들이 떠올라 기분이 더러웠다.

"잊고 살았는데 말이야."

별로 좋지 않은 기억이었다.

그때 뒤에서 한 앳된 목소리가 들려왔다.

"뭐야? 도련님 오늘도 왔네? 어제 울면서 집에 가길래 오늘은 안 올 줄 알았는데."

관장의 아들.

양태식이었다.

관장은 나름 상급 무사로 여러 작전을 수행한 뒤 교육자의 자격을 취득해 학관을 연 사람이었다.

무과를 통과하고 상급 무사가 된 것만으로도 대단한 것이었으나 그에게는 못 이룬 꿈이 있었다.

바로 선인(仙人)이 되는 것.

선인은 압도적인 실력은 물론 수많은 전공을 올린 자들만이 될 수 있는 진정한 무사의 시작이었다.

그렇기에 양금호는 아들을 선인으로 만들기 위해 최선을

다했다.

양태식은 그런 관장의 유일한 희망.

유일한 아들이었다.

내 뒤통수를 때린 양태식 녀석은 의기양양하게 히죽거리며 웃었다.

예전에는 커 보이기만 했던 녀석은 그저 14살의 앳된 꼬마였다.

"지금 나 쳤냐?"

"뭐?"

내가 말대꾸하는 걸 예상 못 한 녀석이 인상을 찌푸렸다.

"지금 나한테 덤비는 거냐? 뒤지려고 진짜!"

양태식이 위협적으로 손을 들었으나 겁먹은 척할 수도 없을 정도였다.

아니, 웃음이 나올 지경이었다.

"지금 뭐 하냐?"

"웃어? 야, 뇌 봐. 오늘 교육 좀 해야겠다."

"태식아, 참아. 어차피 오늘까지인데."

"후우."

양태식은 마지못해 참는 척 주먹을 내렸다.

"야, 너 나중에 보자."

나중에 보자는 사람치고 무서운 사람을 본 적이 없었다.

"에휴, 다 내 잘못이오. 내 잘못이지."

처음부터 양태식이 적대적이었던 것은 아니었다.

입학 첫날에는 친하게 지내자며 살갑게 굴 정도였으니까 말이다.

하지만 빈번히 낙제점을 받기 시작하자 녀석은 나를 모멸하기 시작했고 지금 이 지경까지 왔다.

"그나저나 진짜 다시 돌아와 보니 어린 내가 기특하네. 그 어린 나이에 이런 걸 견디다니."

힘없는 권력은 조롱거리가 되기 마련이었다.

지금 내 상황이 딱 그렇다.

"수련이나 하자."

앞으로 바꿔 나가야 할 것이 많았다.

◆ ◇ ◆

수업은 대부분 야외에서 진행되었다.

체력 단련부터 공격과 방어, 낙법과 보법까지 무예에 필요한 기본적인 것은 전부 가르치는 것이었다.

자기 아들들을 무인으로 키우기 위해 만든 학관인 만큼 양태식의 반은 관장인 양금호가 직접 나섰다.

짧은 머리에 큰 덩치.

양금호는 딱 봐도 군인이라는 느낌이 나는 남자였다.

"제자리 정권 지르기!"

양금호의 말에 정확한 자세로 주먹을 내지르고.

"돌려차기!"

완벽한 자세로 발차기를 날렸다.

지금 배우는 것은 기본기 중의 기본기였으나 모든 동작의 바탕이 되는 만큼 완벽해야만 했다.

덕분에 다른 학생들에 비해 배는 느리게 동작을 수행하고 있었으나 이 나이에는 자세가 무엇보다 중요한 법.

학관의 애송이들은 뭣 모르는 말만 지껄이고 있었지만 말이다.

"꼴값 떠네, 진짜. 야야, 저 새끼 하는 거 봐라."

"느리게 한다고 뭐가 달라지나?"

많은 것이 달라지기 마련이었다.

나쁜 버릇 하나를 고치기 위해서는 한 달간 그 자세만 수정해야 한다.

처음부터 똑바로 배우지 않으면 두고두고 후회한다는 뜻이다.

그때 양금호가 다가왔다.

"이서하. 아버지는 언제 오시지?"

"이번 수업이 끝나면 오시기로 했습니다."

"그래? 그러면 이번 수업이 끝나고 관장실에서 기다리고 있으마. 모시고 와라."

"네."

드디어 올 것이 왔다.

깔끔한 옷을 입고 온 아버지는 관장실 앞에서 기다리고 계셨다.

옷을 갈아입고 나타난 양금호는 교장실 문을 열며 자리를 권했다.

"앉으시죠. 차라도 내올까요?"

"아닙니다. 저도 오늘 예약이 있어서 빨리 가 봐야 합니다. 그래서 할 얘기라는 것은?"

"좋은 이야기는 아니니 빨리하겠습니다. 아드님은, 서하는 진급 시험을 안 보는 것이 좋을 거 같습니다."

"그렇습니까?"

아버지는 예상이라도 했다는 듯 무덤덤했다.

아들 앞이었기에 실망스러운 표정을 짓지 않으려는 것이었다.

양금호는 당당하게 말을 이어 갔다.

"서하는 무인의 자질이 없습니다. 듣기 좋은 소리는 아니죠. 하지만 현실입니다. 무인이 되면 수많은 작전에 투입됩니다. 실력 없는 무인은 자신뿐만이 아니라 동료들까지 죽이는 법이죠. 지금이라도 자퇴를 하고 다른 길을 알아보시죠."

아버지는 조용히 차를 마시며 생각을 정리했다.

'이번에는 나서지 말자.'

회귀 전, 어렸던 나는 괜히 혼자 흥분해 자퇴는 하지 않겠다며 난리를 쳤었다.

생각 없이 자존심만 강했던 시절이니 말이다.

그 때문에 아버지가 어떤 반응을 보였는지 확실하게 보지 못했다.

실망하셨다고 혼자 생각했을 뿐.

나이가 들면서 아버지는 어떤 반응을 보이셨을지 궁금해졌고 지금이라도 아버지의 그것을 확인해 볼 생각이었다.

약간의 침묵이 이어지고 아버지가 입을 열었다.

"그건 양 관장님이 정할 문제가 아닌 거 같은데요."

"네?"

"그건 서하가 정할 일이죠. 서하야, 너는 어떻게 하고 싶니?"

오늘에서야 아버지의 반응을 제대로 볼 수 있었다.

"저는 시험을 볼 겁니다."

"하아……."

양금호는 깊게 한숨을 내쉬었다.

마음에 안 드는 답변이었을 것이다.

"이서하. 진급 시험은 학부모 앞에서 하는 공연과도 같다. 괜히 창피당하지 말고 지금 그만둬. 동작도 다 못 외웠잖아."

"지금부터 외우죠."

"이제 한 달 남았다. 고작 한 달."

"네, 충분합니다."

내가 확신을 담아서 말하자 아버지가 거들었다.

"그럼 서하의 뜻대로 하기로 하죠."

양금호는 짜증스럽게 혀를 찼다.

"……쯧, 그럼 어쩔 수 없죠. 알겠습니다. 그렇게 알고 있죠."

"생각해 주셔서 감사합니다."

대화가 끝나고 관장실에서 나올 때 아버지가 나의 머리를 헝클어트리며 말했다.

"요놈아! 그러니까 평소에 열심히 하지 그랬냐? 이게 뭐냐? 하하하."

"아이, 나름 한 겁니다. 나름. 뭐, 이제부터 정말 열심히 할 거지만요."

"그래, 아빠가 보러 갈 거니까 제대로 해야 한다. 알겠어? 큰소리치고 나왔으니까."

"그래야죠."

사람들이 보는 앞에서 아들이 망신을 당한다면 부모의 마음은 어떨까?

제대로 준비하지 않은 아들에게 화가 날까? 실망할까?

아니다.

대부분은 슬플 것이다.

마음이 찢어지도록.

어렸을 적에는 그걸 몰랐다.

"한 달. 한 달이라."

긴 시간은 아니었으나 충분하다. 기본기는 회귀 전에도 매일같이 단련했었으니까.

"제대로 해야지. 제대로."

아버지는 나 때문에 실망만 가득한 삶을 사셨다.

그러니 이번 생에는 기쁜 일만 만들어 드려야 한다.

"뭐야? 자퇴 안 한대요?"

"안 한다더라. 주제도 모르고. 조언해 주면 들어 처먹어야지."

집으로 돌아온 양금호와 양태식은 추가 훈련을 하고 있었다.

양금호는 상급 무사로 은퇴했으나 나름 임무란 임무는 다 참가했고 또 살아남았다는 자부심이 있었다.

그러나 어디 가서도 제대로 인정받은 적이 없었고 수많은 임무를 했음에도 남는 것은 조금의 재물밖에는 없었다.

그래서 그는 학관에 모든 것을 걸었다.

시골의 학관이 명문으로 올라서기 위해서는 무슨 일이 있어도 학생들을 무과에 급제시켜야만 했다.

그러다 장원이라도 한 번 나오면 최고의 명문학관으로 등극할 수 있는 것이 학관의 생태계.

그렇기에 전액 장학금까지 주며 청신 가문의 아이를 데리고 왔으나 오히려 역효과만 나고 말았다.

"쯧. 학관 망하게 말이야."

가주인 철혈(鐵血) 이강진이 일으킨 가문으로 현재 왕국 내에서 가장 힘 있는 가문 중 하나.

호랑이는 호랑이만 낳을 것이라고 생각한 것이 패착이었다.

서하는 그 이름에 맞지 않게 계속해서 낙제점을 받았고 동네에는 이상한 소문이 돌기 시작했다.

용을 지렁이로 만든 시골 학관이라고 말이다.

"어떻게든 해야 하는데……."

이미 난 소문은 어쩔 수 없으나 조금이라도 명예를 회복하기 위해서는 서하가 자퇴를 해야만 했다.

만일 서하가 동산학관을 끝까지 다니다 무과에 급제도 못한다면?

명문 무사 집안의 아이도 키우지 못한 무능한 학관으로 낙인찍힐 것이 분명했다.

그렇게 고민하고 있을 때 양태식이 말했다.

"그럼 이번 진급 시험에서 아주 개망신을 주는 건 어때요?"

"망신을 주다니?"

"사람들 다 모이는 자리잖아요. 거기서 완전 개망신을 주는 거죠. 다시는 얼굴 들고 다닐 수 없게. 그러면 아무리 철면피라도 자퇴하지 않을까요?"

"괜찮은데? 그런데 어떻게 하면 좋겠니?"

양태식은 곰곰이 생각했다.

어떻게 하면 서하를 최대한 망신 줄 수 있을까?

"시험을 조금 더 어렵게 만든다거나. 아! 시연 속도를 올리는 거 어때요? 일반 속도에도 못 따라오는 놈이니 속도를 5할만 올려도 멍하니 서 있어야 할걸요?"

아들의 말에 양금호는 감탄했다.

"태식아, 넌 천재구나! 이 자식. 누굴 닮아 이렇게 머리도 좋을까?"

"당연히 아빠 닮았죠. 하하하!"

"좋은 생각이다. 바로 내일부터 시작하자꾸나."

다른 학생들은 시험에 통과해야 했으니 특별 훈련이 필요했다.

물론 서하만 제외하고 말이다.

"아주 재밌는 시험이 되겠어."

양금호는 흡족하게 수련하는 아들을 바라봤다.

◆ ◆ ◆

면담 날부터 나는 매일 뒷마당에서 수련 중이었다.

"몸이 완전 저질이야. 이 망할 저주받은 몸."

체력, 근력, 민첩성, 유연성 뭐 하나 봐줄 만한 것이 없었다.

하지만 백지상태라는 것이 무엇보다 마음에 들었다.

과거 마구잡이로 기본기를 익혔기에 나쁜 버릇들이 많아 얼마나 후회를 했던가.

이번에는 한 동작, 한 동작을 완벽하게 연습했고 덕분에 교과서에 실릴 만한 기본기를 갖출 수 있다.

그나저나 너무 지루하다.

기본기라는 게 원래 그러했다.

중요한 만큼 재미가 없었고 이럴 때는 기분이라도 내야 했다.

"아자! 아자! 몸풀기부터 제대로!"

유연성은 중요하다.

빠르게 동작을 이어 나갈 수 있게 해 주었으며 무엇보다 수련 중 다칠 위험을 낮춰 준다.

일단 무릎을 뻗고 상체를 숙이면…….

"아버지! 시간 남으면 와서 등 좀 눌러 줘요!"

"아이고, 수련한다고 소문이라도 내지 그러냐?"

"좀 도와주세요. 따라잡으려면 멀었단 말입니다."

"그래, 그래. 그러게 평소에 열심히…….”

"했어야죠. 압니다. 알아요. 이미 지나간 일 말해 뭐합니까."

그렇게 아버지가 등을 눌러 주기 시작하자 비명이 새어 나왔다.

"자, 잠깐! 살살! 살살!"

"죽을 것처럼 하는 게 몸풀기란다."

"이러면 인대 끊어져요! 살살! 살살 해야지!"

"아이고, 인대도 알아? 그런 건 어디서 배웠어? 반동만 안주면 끊어질 일 없단다. 그건 아빠가 더 잘 알아."

"으아아아아!"

그렇게 비명과 함께 몸풀기는 계속되었다.

지옥과 같았던 몸풀기가 끝나고 이제 제대로 된 기본기 수련이 시작되었다.

기본기에서 가장 중요한 것은 정확한 자세였다.

모든 분야가 그렇듯 기본기는 가장 처음에 배우지만 달인의 경지에 올라가기에는 가장 어려운 것이었다.

진정한 고수면 앞차기 한 번, 정권 지르기 한 번으로도 적을 분쇄할 수 있어야 하는 법.

"서역에서는 알파이자 오메가라고 불렀지."

시작이자 끝.

이제부터 이 중요한 기본기를 단련하는 가장 좋은 방법을 소개한다.

그것은 바로 단순 반복.

그것도 정확한 자세를 계속해서 반복하는 것.

하지만 이는 결코 쉬운 일이 아니다.

한 번 주먹을 내지르더라도 자세와 근육의 움직임, 힘의 배분을 전부 신경 쓰면서 해야 했기에 정신적으로도 고통스러운 일이다.

토할 것처럼 힘들었지만 그때마다 생각했다.

'내가 실패하면 끝이다.'

전생에 그토록 바랐던 회귀를 해냈고 전승대로라면 회귀의 돌은 이 세상에서 사라졌을 것이다.

이번이 마지막 기회.

실패는 용납되지 않았고 그때마다 없는 체력도 생겨나는 느낌이었다.

힘들 때마다 기합을 넣고 가자.

"우오오오오! 난 강하다! 난 최강이다! 으하하하하!"

이제 방향은 확실하게 잡았다.

발이 느린 만큼 누구보다 열심히 걸어가기만 하면 될 뿐.

언젠가 끝에 다다를 것이었다.

◆ ◈ ◆

아들이 달라졌다.

상원은 매일 새벽같이 일어나 수련하는 아들을 보며 흡족한 미소를 지었다.

"이런, 내 아들이 갑자기 미쳤군."

정말이지 미쳤다고밖에는 표현할 말이 없었다.

하루아침에 아들은 철이 든 건지 다른 사람으로 바뀌었고 그게 좋은 쪽이라 다행이었다.

"못난 아빠라도 도움을 줘야지."

무사가 아니었기에 수련 쪽에는 도움을 줄 수 없었다.

그러나 상원은 약사였고 체력을 보충해 주고 기력을 회복시켜 주는 약을 지어 줄 능력이 있었다.

하지만 문제는 재료값이었다.

"어쩔 수 없지."

상원은 편지를 쓰기 시작했다.

자신의 아버지.

서하의 할아버지이자 가주인 이강진에게 쓰는 것이었다.

상원과 이강진의 사이는 좋다고 할 수 없었으나 손자가 무사가 되고 싶다는 데 무시할 사람도 아니었다.

그렇게 편지를 완성한 그는 미소를 지으며 말했다.

"내일은 시장을 봐야겠네."

일단 있는 돈으로라도 약제를 지을 생각이었다.

만약 돈이 들어오면 그때는 더 고급스러운 약을 만들어 줄 수 있으리라.

시험 날은 금방 다가왔다.

아버지는 어디서 돈이 났는지 약재를 한가득 사 와 탕약을 만들어 주었다.

"이걸 다 어떻게 샀어요?"

"다 하는 방법이 있지. 아빠가 능력이 좋아서 저기 유명 학관에서 약제 좀 만들어 달라고 하더라고. 운이 좋았어."

"오! 정말요? 아빠 최고."

시골에서 약사로 버는 돈은 한정적이었기에 이건 할아버지에게 빌린 것이 분명했다.

일단은 속아 주자.

요즘 들어 어린애 같은 말투를 쓰지 않아 아버지가 조금 어려워하는 것이 느껴지고 있었으니 말이다.

어쨌든 아버지가 해 준 약제들은 큰 도움이 되었다.

기본적인 체력과 기력을 끌어올렸고, 명문가 중에서도 돈 많은 명문가만 할 수 있다는 약탕 목욕도 할 수 있었다.

덕분에 회복 속도가 배는 빨랐고 매일 최상의 컨디션으로 수련을 할 수 있었다.

"오늘이구나. 준비는 됐니?"

"물론이죠."

"그래, 열심히 하더라. 난 내 아들이 바뀐 줄 알았어. 그렇게 열심히 할 줄은 몰랐는데 말이야."

"바뀌어야죠. 관장한테 그런 무시를 받았는데."

"그래, 이놈아. 그러게 미리 잘하지 그랬냐."

"아, 또 그 소리 하신다."

생각보다도 준비는 완벽했다.

동작이 워낙 많았기에 완벽함과는 거리가 멀었으나 14살 수준은 아득히 초월한 지 오래였다.

"그럼 먼저 갑니다. 늦지 않게 오세요. 앞자리에서 아들의 멋진 모습을 눈에 새겨야 하지 않겠습니까?"

"그럼. 바로 앞에서 볼 거야. 그래도 부담은 느끼지 마라. 알았지? 노력은 배신하지 않으니까."

"그렇죠. 노력은 배신하지 않죠."

맞는 말이었다.

회귀 전에도 누구보다 먼저 와 맨 앞에서 지켜보던 아버지였다.

오늘은 더 일찍 오면 일찍 왔지 늦게 오지는 않을 것이었다.

"시작하자."

회귀 후 내가 맞이하는 첫 번째 문턱이었다.

◆ ◈ ◆

진급 시험을 앞두고 양금호는 북을 치는 교관들에게 다가갔다.

북은 박자였다.

아이들은 북소리에 맞추어 동작을 선보일 것이었기에 북소리가 빨라지면 그만큼 동작도 빨리해야만 했다.

"내가 신호를 주면 속도를 올리도록 해. 손가락 하나당 1할이다."

"괜찮겠습니까? 아이들이 따라올 수 있을까요?"

"당연하지. 다른 명문 학관들은 배는 더 빠르게 한다고. 고작 몇 할 올린다고 문제가 생기면 무과는 통과할 수 없어."

"알겠습니다."

교관들은 관장이 시키는 대로 할 뿐이었다.

모든 준비를 끝낸 양금호는 동네의 유지들과 인사를 하기 위해 움직였다.

무과는 노예가 아닌 이상 누구나 응시할 수 있었다.

가장 확실한 신분 상승 방법이었기에 돈을 번 자들은 모두 자식들을 무예 학관으로 보냈다.

물론 대부분은 시골에서 돈 좀 벌었다는 상인들이었기에 뭣도 모르고 가까운 동네 학관으로 보낸 것이었다.

어쨌든 손님은 왕이다.

특히 양금호처럼 이름 없는 학관을 운영하는 관장이라면 이 호구들을 잘 잡아야만 했다.

언제 다른 곳으로 옮길지 모르니 말이다.

"아이고, 양 관장님. 저희 아이가 무과반에 진학할 수 있을까요?"

"물론입니다! 제가 꼭 그렇게 만들 겁니다. 걱정하지 마시고 좋은 칼이나 하나 장만해 두세요."

"정말입니까? 좋은 칼로 하나 장만해야겠습니다. 하하하!"

앞줄에 앉아 있던 상원은 학부모들과 입에 발린 말을 주고받는 양금호에게 먼저 걸어가 인사를 건넸다.

"오랜만입니다. 관장님."

"아, 서하 아버님."

친절하던 모습과는 다른 시큰둥한 모습이었다.

서하는 자퇴를 해 줬으면 하니 당연한 일이었다.

"미리 말하기 뭐하지만 결과가 좋지 않아도 너무 낙담하지 마세요. 이 세상에 직업이 무사만 있는 것도 아니지 않습니까?"

"아뇨, 기대하고 있습니다. 한 달간 정말 열심히 하더군요. 제 아들이지만 놀랐습니다."

양금호는 피식 웃었다.

열심히 해 봤자 한 달 안에 어떻게 할 수 있는 수준이 아니었다.

"네, 그래도 큰 기대는 하지 마세요. 기대가 크면 실망도 큰 법이니."

노력했다는 것은 양금호도 인정하는 바였다.

몸을 푸는 자세부터 전과는 다른 모습이었으니까.

고작 한 달이 지났을 뿐이지만 근육이 잡혀 있었고 서하의 눈에는 자신감이 가득했다.

전과는 완전히 다른 모습.

하지만 이미 늦었다.

'애초에 열심히 좀 하지. 그랬으면 너도 좋고 나도 좋잖아.'

고작 한 달 만에 익힐 수 있는 양이 아니었다.

권법, 각법, 보법, 낙법, 검법, 봉법 그리고 신법까지 총 7개의 형(形)이 존재했고 각 형에는 최소 30에서 최대 42개의 동작이 있었다.

진급 시험이란 7개의 형, 총 232개의 동작을 쉬지 않고 순서대로 시연해야 하는 것.

그중 100개의 동작도 연결하지 못하던 서하가 한 달 만에 완벽하게 232개의 동작을 해낸다는 것은 불가능한 일이었다.

'그게 가능한 천재였다면 이런 상황까지 오지도 않았겠지.'

양금호는 그렇게 생각하며 말했다.

"그럼 저는 시험 준비를 위해 이만 가 보겠습니다."

"네, 수고하십시오."

상원은 아들을 바라보며 시험이 시작되기만을 기다렸다.

◆ ◈ ◆

긴장은 전혀 되지 않았다.

기억 속에 넓고 화려하게만 남아 있던 시험장은 작고 시골스러웠다.

고작 이런 곳에 선다고 벌벌 떨다니.

어렸을 적의 기억은 대부분 더 크고 웅장하게 왜곡되는 법이었다.

그렇게 과거의 추억을 떠올리고 있을 때 혼자 화려한 도복을 입은 양태식이 잘난 척을 하며 다가왔다.

"이게 누구야? 안 도망가고 왔네?"

왜 시비를 안 걸어오나 했다.

"연습은 많이 했냐?"

"그럼, 아주 피 토할 정도로 했지."

"그래, 피 터지게 해야 발끝이라도 따라오지. 시험이 너무 어려워도 놀라지나 말라고."

누가 어린애 아니랄까 봐 유치하게 노는 양태식이었다.

"하긴 전에는 저런 말도 안 했었지."

그만큼 양태식이 이를 갈았다는 소리도 되었다.

"이번에도 장난을 칠 텐데……"

저번 시험에서 양금호는 시연 속도를 올렸었다.

가뜩이나 실력도 없었던 나는 조금씩 빨라지는 시연 속도를 따라가지 못하고 중간에 멈출 수밖에 없었다.

학부모들은 수군거리고 아이들은 비웃었다.

다시 시작하려고 했으나 당황한 탓인지 머릿속은 백지가 되었고 그렇게 시연이 끝날 때까지 꿔다 놓은 보릿자루처럼 가만히 서 있었다.

그것도 정중앙에서.

모두의 조롱거리가 된 것이다.

그 기억은 죽을 때까지도 잊히지 않았다.

100살이 넘어서도 가끔 꿈에 나올 정도였으니까.

"자 지금부터 시험을 시작한다! 모두 위치로!"

이번에도 내 자리는 정중앙이었다.

이제 와 보니 바로 옆이 양태식이었다.

'이건 왜 기억에 없지?'

왜긴, 쫄아서 앞만 봤으니 당연히 기억에 없을 수밖에.

어쨌든 내 기억보다도 더 주목받으라고 신경 써 준 자리였다.

신경 써 준 만큼 이번에도 주인공이 될 생각이다.

여유가 생기니 주변이 보이기 시작했고 다른 아이들의 긴장한 얼굴이 보였다.

인생 첫 시련.

하지만 앞으로 창창한 이들에게는 좋은 시련이 될 것이었다.

"좋은 나이다."

웃음이 절로 새어 나왔다.

"나도 좋은 나이지."

"제1형! 권법!"

양금호의 말이 끝나기가 무섭게 북이 울리기 시작했다.

쿵! 쿵! 쿵! 쿵!

제1형 권법.

박자의 맞추어 정해진 순서대로 권법을 선보여야 했으며 이를 5명의 교관이 매의 눈으로 채점했다.

형(形)마다 8할 이상의 동작을 완수해야만 통과.

쉬운 시험은 아니었다.

14살에게는 말이다.

"시험 시작!"

양금호가 외치고 모든 아이들이 동시에 정권을 내질렀다.

양금호는 자리에서 일어나 서하를 바라봤다.

아들보다도 더 신경 쓰이는 것이 서하였다.

그리고 시험이 시작되자 서하는 완벽한 자세로 정권을 내질렀다.

"뭐야?"

교재로 쓸 수 있을 법한 완벽한 자세에서 나오는 정권 지르기.

항상 낙제점을 받아 오던 서하였기에 더욱 놀랄 수밖에 없었다.

"너무 완벽한데?"

"연습 많이 했나 보네. 처음부터 좀 잘하지. 쯧쯧."

다른 교관들도 서하의 움직임에 동요했다.

서하는 단연 무리 안에서도 돋보였다.

아주 단순한 동작이라도 완벽한 자세에서 나오는 힘과 속도는 다른 이들과 차별성을 보였다.

"……"

시인들은 초고수의 정권 지르기를 보고 천둥이 치는 것과 같은 느낌이라고 말했었다.

서하의 것이 그러했다.

천둥처럼 일직선으로 내지른 주먹이 타격점에서 멈추는 순간 펑! 하는 굉음을 내었다.

양금호도 인정할 수밖에 없었다.

"……열심히는 했나 보군."

상급 무사였기에 그 차이를 더 잘 아는 양금호였다.

완벽한 자세.

그것은 피나는 노력으로 만든 것이 분명했다.

그러나 한 동작의 완벽함을 도모하면 도모할수록 다른 동작을 익힐 시간은 적었을 터.

언젠가는 밑천이 드러날 것이었다.

아무리 서하가 정신을 차리고 열심히 하더라도 이제 와서 그 아이를 키울 생각은 없다.

"미리 열심히 했으면 너도 좋고 나도 좋았을 거 아니냐?"

양금호는 손가락을 하나 들어 올렸다.

속도를 1할 올리라는 신호.

그리고 속도가 올라가기 시작했다.

쿵! 쿵! 쿵! 쿵!

박자가 빨라지면서 다음 동작으로 넘어가는 간격도 줄어들었다.

한 달간 특훈을 한 다른 학생들의 자세가 무너지기 시작했으나 서하는 완벽함을 유지했다.

오히려 여유가 있어 보였다.

"쯧."

양금호는 혀를 찼다.

하지만 이제 막 1할의 속도가 올라갔을 뿐이었다.

권법이 끝나자 그는 4박자 쉬고 외쳤다.

"제2형. 각법! 시작!"

각법은 동작이 큰 만큼 완성도에 따라 그 차이가 더욱 확연히 느껴졌다.

일반인들도 각법에서는 차이점을 느낄 수 있었고 그건 같이 시험을 보는 학생들이 더 잘 알았다.

'뭐야? 저 새끼? 왜 저렇게 잘해?'

'못하는 거 아니었어? 어!'

그리고 그중에서도 가장 억울한 건 양태식이었다.

도복만 화려하면 뭐 하나?

가장 찬란한 모습으로 빛나기 위해 서하의 옆에 자리 잡은 그는 서하의 빛에 가려져 그 어떤 시선도 받지 못했다.

아니, 오히려 비교당하고 있었다.

'뭐야? 도대체 무슨 짓을 한 거야!'

노력 같은 것으로 가능한 경지가 아니었다.

'어디 가서 영약이라도 먹은 게 분명해! 청신 가문이면 영약 정도는 쉽게 구할 테니!'

그렇게 이를 악물며 생각했다.

아들이 그런 잡념에 흔들리는 것을 모르는 양금호는 빠르게 속도를 올렸다.

손가락 3개.

속도가 3할이나 올라갔다.

쿵! 쿵! 쿵! 쿵!

3할이나 속도가 올라가자 다른 아이들의 움직임이 허술해지기 시작했으나 서하의 자세는 여전히 완벽했다.

"우와, 저기 중간에 있는 애 진짜 잘하는데?"

"저기 청신 가문 애 아니야?"

"못한다고 하지 않았어? 역시 명문가는 명문가인가?"

주변의 목소리에 학생들이 더 흔들리기 시작했고 곧 속도는 약속된 5할로 올라갔다.

쿵! 쿵! 쿵! 쿵!

긴장한 아이들이 실수하기 시작했고 하나둘 박자를 놓치고 멈춰 섰다.

연습에서는 따라왔었으나 실전의 중압감을 못 이긴 것이었다.

'망할! 망할!'

양태식은 애써 움직이며 서하를 힐끗 보았다.

누가 봐도 이 자리에서 가장 빛나는 것은 서하였다.

'도대체 왜 잘하는 거냐? 왜!'

이윽고 고난도 동작 중 하나인 회전 돌려차기의 순서가 돌아왔고 잡념에 빠져 있던 양태식은 박자를 놓치며 도약하지 못했다.

그에 비해 서하는 완벽한 자세로 하늘을 날아 돌려차기를 한 뒤 착지.

박자를 놓치고 멈춰 선 양태식은 멍하니 서하를 바라봤다.

"도대체 왜……?"

보폭 한 번 실수만 하더라도 박자를 놓치는 것이 진급 시험.

양태식까지 멈추자 계속해서 움직이는 것은 서하뿐이었다.

홀로 하는 독주.

서하는 정중앙에서 가장 빛나고 있었다.

시험 시작 전까지의 잡념은 전부 사라졌다.

천천히 빨라지는 박자도 익숙했다.

애초의 연습을 그렇게 했었으니까.

스쳐 지나가는 풍경도, 피나는 수련 끝에 자유롭게 움직이는 나의 몸도, 이 모든 것이 만족스러웠다.

그러나 가장 만족스러운 것은 환호였다.

'그래, 이거지. 이거야.'

수련은 재미없었다.

회귀 전에도, 회귀한 후에도 재밌었던 적이 단 한 번도 없었다.

자아 성찰 같은 스스로의 향상심으로 버티기에는 한계가 있었다.

하지만 누군가의 인정.

그것은 마약과도 같은 전율을 주었다.

이윽고 끝까지 올라간 박자가 안정되었고 시험은 막바지에 다다랐다.

직선적이고 공격 하나하나가 치명적인 검법, 어려운 동작이 많지만 그 무엇보다 화려한 봉법을 끝으로 시험은 끝이 났다.

"하아, 하아."

거친 숨이 올라와 정신을 차리기가 힘들었다.

아무리 한 달 동안 열심히 몸을 만들었다고 하지만 고작 한 달.

체력이 아슬아슬했다.

그렇게 잠시, 멍하니 하늘을 바라보고 있을 때 사방에서 박수갈채가 쏟아졌다.

'통과했다.'

모두가 보고 있었기에 양금호가 독단으로 탈락을 줄 수도 없는 노릇이었다.

아니, 애초에 나까지 탈락하면 동산학관에서 무과반으로 진급할 수 있는 학생은 없었다.

그에게는 선택지가 없다.

나라도 합격시키는 것밖에는.

그 순간 양금호가 자리에서 벌떡 일어나 시험장으로 내려왔다.

양태식은 겁먹은 얼굴로 자기 아빠 앞으로 달려가 고개를 숙였다.

"아버지. 죄송합니다. 제가 잠깐 실수를 해서……."

하지만 양금호는 아들을 무시하고 내 앞으로 걸어왔다.

그가 어떤 반응을 보일까?

사실 어느 정도는 예상할 수 있었다.

이 많은 사람 앞에서 행패 부릴 정도로 멍청한 사람은 아니었으니 그가 택할 수 있는 선택지는 하나.

"훌륭하다!"

양금호는 두 팔을 벌려 나를 안고는 등을 두드렸다.

마치 애제자를 반기듯이 말이다.

"보셨습니까, 여러분? 이것이 청신 가문이 우리 학관을 선택한 이유입니다. 비록 다른 분들의 자제들은 시험에 통과하지 못했으나 이 정도를 통과하지 못하면 무과에도 합격할 수 없습니다. 저희는 항상 높은 곳을 바라봅니다. 제 아들 녀석도 떨어졌지만 여기 서하를 보면 이것이 불가능한 수준은 아니라는 것을 보셨을 겁니다."

이럴 줄 알았다.

모든 것을 자신의 공으로 만들 생각이었다.

지금 상황에서는 가장 좋은 선택지였다.

내가 칭찬만 해 주면 어쩔 줄 몰라 하는 14살짜리였다면 말이다.

"여기! 청신 가문의 이서하 군은 저의 가르침을 모두 흡수했습니다. 다른 명문 학관과 비교해도 떨어지지 않는 실력을 보여 준 겁니다. 자랑스럽다. 이서하!"

하지만 난 고작 칭찬 따위에 과거를 잊을 만큼 착하고 순진한 14살이 아니었다.

"좋은 가르침 감사합니다."

"그래, 앞으로도 정진해서 꼭 무과에 급제, 아니 장원까지 노리자."

"네, 그럴 생각입니다. 하지만 전에 자퇴를 권하시지 않았습니까?"

나의 말에 학부모들이 술렁거리기 시작했다.

해결할 건 해결하고 가야 하지 않겠는가?

양금호는 당황한 얼굴로 학부모들의 반응을 살폈다.

14살짜리 꼬마가 이렇게 당돌하게 나올 줄은 몰랐겠지.

"뭔가 오해가 있는 거 같은데. 그때는 정말로 너의 미래를 생각해서 그런 거야. 기분 나쁘게 들렸다면 미안하구나. 하지만 이리 훌륭하게 실력을 키웠으니 내가 틀리고 네가 옳았구나. 이거 한 방 먹었는걸?"

나름 유쾌하게 말을 이어 가는 양금호였다.

그는 혹시라도 내가 대꾸를 할까 빠르게 말을 이어 갔다.

"이렇게 재능을 보인 이상 우리 학관에서는 모든 지원을 아끼지 않겠다 약속하마. 전액 장학금은 물론 필요한 무기, 약재, 모든 것을 지원해 주지. 서하야, 너는 그냥 마음 편안히 무과만 생각하면 돼. 굳이 다른 곳을 가는 것보다는 오랫동안 함께한 친구들과 함께하는 게 어떻겠니?"

오래간만에 좋은 농담이었다.

친구라니.

이곳에 원수라면 몰라도 내 친구가 있던가?

"아닙니다. 세상은 넓습니다. 이런 식으로는 무과는커녕 시험 볼 자격조차 얻을 수 없을 겁니다."

"서하야, 그러지 말고……."

구질구질하게 말하는 양금호.

하지만 이미 배는 떠났다.

"명문 학관에서는 이보다 2, 3배는 빠르게 진급 시험을 봅니다. 고작 이것도 통과 못 해서는 무과는커녕 지나가다 마수들한테 잡아먹히지 않으면 다행입니다. 저는 청신답게 명문학관으로 옮길 생각입니다. 지금까지 지도해 주셔서 감사합니다. 관장님."

깔끔한 마무리.

강을 떠나 바다로 가겠다는 제자를 막으면 그건 그것대로 추잡한 일이었기에 양금호는 아무 말도 하지 못했다.

때마침 학부모들이 수군거리기 시작했다.

"하긴, 대부분 명문 학관 출신만 무과에 급제했었지."

"우리도 옮겨야 하는 거 아닌지 몰라? 좀 늦더라도 무과에 합격하려면 그래야겠지?"

학부모들의 말을 듣자 현실을 파악한 양금호의 표정이 굳어졌다.

참으로 볼만한 표정이었다.

조금 더 감상하고 싶었으나 지금은 아버지의 얼굴이 더 보고 싶었다.

"그럼 저는 이만."

몸을 돌리자 아버지가 환하게 웃으며 나를 반겨 주었다.

"수고했다. 학관은 아빠가 알아봐 주마."

관장과의 대화를 모두가 들었으니 그 또한 화답해 주는 것이었다.

하지만 나는 이미 생각해 놓은 학관이 있었다.

"아닙니다. 생각하고 있는 곳이 있습니다."

"그래, 무슨 학관이든 보내 줄게. 무슨 학관인데?"

"일단 밥부터 먹죠. 배고파 죽겠습니다."

"그래. 뭐 먹을까? 고기? 생선? 전부 사 주마. 하하하!"

"그 말 명심하세요. 오늘 소 한 마리 잡을 생각이니까."

"그래, 그래. 소 한 마리 잡자. 돼지도 잡고, 오리도 잡자꾸나."

아버지는 신이 나서 앞장섰다.

신이 난 아버지와는 달리 양금호는 화가 난 얼굴로 아들에게 소리를 지르고 있었다.

내용은 알 수 없었으나 화풀이는 제대로 하는 것만 같았다.

"아빠가 친하게 지내라고 그랬지! 어쩔 거야? 어? 네가 친하게 지냈으면 이런 일도 없잖아!"

"그건 아빠가……."

"지금 말대꾸하는 거냐? 실수는 왜 한 거냐? 그러게 연습을 똑바로 했어야지! 도대체 이게 무슨 창피냐!"

대충 이런 내용이었다.

아이들은 아무 말도 못 하고 침울하게 고개를 숙이고 있는 양태식을 불쌍하게 바라보고 있었다.

"불쌍하긴. 쌤통이지 뭐."

고개를 돌리자 춤을 추듯 걸어가는 아버지가 보였다.

생각해 보면 이것도 복이었다.

"역시 난 운이 좋아."

좋은 부모를 가지는 것도 운이었으니 말이다.

Chapter 2.

동네에서 나름 유명한 객점.

아버지는 자리에 앉자마자 의기양양하게 말했다.

"먹고 싶은 거 다 먹어라."

"정말로 다 시킵니다?"

"그래, 다 시켜. 돈은 걱정하지 마라."

"하긴 할아버지 돈이니까요."

"알고 있었구나?"

"모르는 게 더 이상한 거죠. 최대한 탕진합시다."

"그래야지. 한 푼도 남기지 말자꾸나."

아버지와 나는 킥킥거리며 웃었고 그 말대로 메뉴판에 있는 고기란 고기는 다 시켰다.

"이건 공짜가 아니니까요. 그렇죠?"

"공짜가 아니라니?"

"할아버지 돈 말이에요. 절대로 공짜로 주시는 분은 아닌데."

"……쩝."

아버지는 입맛을 다셨다.

"너 갑자기 똑똑해졌다. 이상한 거 먹었나?"

"아버지가 준 약재에 머리 좋아지는 효과라도 있던 거 아닐까요?"

"그런 효능이 있었으면 진작에 먹였다. 넌 5살 때부터 바보 같았거든."

"아버지를 닮아서 그랬겠죠."

"아니, 그건 네 할아버지를 닮은 거다."

아버지와 나는 같이 웃었다.

"이제 말해 줘요. 우리가 뭘 해야 하죠?"

"네가 진급 시험을 본다고 지원 좀 해 달라고 했더니 대신 신년잔치에 오라더구나. 너 큰 것 좀 보고 싶으시대."

"그래요?"

1월 1일. 신년잔치 때는 가족들이 전부 모였다.

아무리 아들이 미워도 손자가 미울 수는 없는 법.

할아버지는 아빠와 달리 어렸을 적부터 무사가 되고 싶다던 나를 좋아하셨다.

내가 결과를 내지 못하면서 결국에는 멀어졌지만 말이다.

"진급 시험을 본다고 했더니 좋아하시더라."

"통과하기도 전에요?"

"내가 약제사가 되었잖니. 너만이라도 무사의 꿈을 가지고 있는 거에 만족하신 거지. 거기다 통과했다는 소리를 들으면 아주 기뻐하실 거다."

"제가 특별한 건 아니잖아요. 다들 통과하는데요."

청신의 사람들은 모두 15살에 무과반에 들어가 18살에 급제했다.

한 번에 무과반에 들어가고 한 번에 무과에서 급제한 셈이다.

"그건 돈을 처발라서 그렇게 된 거고 내 아들은 혼자 통과한 거니까 다르지."

명문가에서 벼슬이 많이 나오는 이유는 어렸을 적부터 유능한 선생님 밑에서 하루도 빼놓지 않고 배우기 때문이었다.

그런데 사교육이라고는 한 번도 받지 않은 내가 기대 이상의 결과를 만들어 낸 것이었다.

비록 그것이 시골 학관의 진급 시험이라도 어쨌든 최소한의 기준을 통과했다는 뜻이었으니 말이다.

그렇게 농담하던 아버지는 사뭇 진지한 얼굴로 말했다.

"서하야. 가기 싫으면 안 가도 된단다."

"돈은 받았잖아요."

"그러니까 안 가도 되는 거지. 돈을 받았으니까."

아버지의 현명함에 감탄할 수밖에 없었다.

아버지는 물론이겠지만 나에게 있어서도 본가는 별로 가고 싶은 곳이 아니었다.

작은아버지는 언제나 형님인 내 아버지를 무시했고 동갑내기 사촌은 배운 것을 시험해 본다며 일방적인 폭력을 행사하였다.

어렸던 나는 항상 얻어맞고는 분해서 울었지만 아버지가 해 줄 수 있는 일은 없었다.

바로 할아버지 때문이었다.

할아버지는 남자들끼리 싸우는 것은 당연한 일이라며 오히려 맞은 내게 왜 반격하지 못했냐며 혼내시는 분이었다.

상황이 이렇다 보니 우리 부자는 최근 2년간 할아버지의 집에 찾아가지 않았다.

"부담 갖지 마라. 네가 안 간다고 했다는 소리는 안 할 테니까."

"아니에요. 오랜만에 할아버지도 보고 싶네요."

"하긴, 너도 많이 변했으니 가는 것도 나쁘지 않겠지."

아버지는 의미심장하게 웃었다.

예전처럼 맞으면 울며 돌아오던 아들이 아니라고 생각하시는 것이었다.

그 생각에 확신을 줘야겠다.

"걱정하지 마세요. 얻어맞고 울던 서하 아닙니다."

"그런 거 같긴 하더라. 하하하. 더 먹거라. 아직 많이 남았네."

"그래야죠."

사실 슬슬 배가 불러 오기 시작했다.

하지만 억지로라도 배에 집어넣어야 했다.

많이 먹는 것은 무사에게 있어 선택사항이 아니라 필수였다. 어떻게든 많이 먹고 수련해서 외공을 키워야만 했다.

"터지기 직전까지 먹을 겁니다."

들어가는 것이 있어야 뭔가가 만들어지지 않겠는가.

'그나저나 신년인가?'

이제 시간이 조금밖에 남지 않았다.

그렇게 억지로 꾸역꾸역 넣고 있을 때 아버지가 물었다.

"그런데 서하야. 어떤 학관을 가고 싶으냐?"

"저는 성무학관(聖武學館)에 입학할 생각입니다."

"성무학관?"

"네. 무조건 성무학관입니다."

내가 짠 계획은 두 가지로 나뉘었다.

무조건 성공시켜야 하는 계획과 상황에 따라 포기할 수 있는 계획.

이를 필수 계획과 선택적 계획이라고 불렀다.

그리고 성무학관 입학은 무조건 성공해야만 하는 필수 계획이었다.

내 말을 들은 아버지는 고개를 갸웃하더니 당황한 듯 말했다.

"정말 성무학관(聖武學館)이냐? 그게 가능할까?"

"너무하네요. 아들이 꿈을 크게 꾸겠다는데."

"아니, 아니. 현실적인 꿈을 꿔야 응원을 해 주지. 너무 터무니없잖아."

"충분히 현실적입니다. 전 천재니까요."

성무학관(聖武學館)은 국가에서 운영하는 명실상부 최고의 명문 학관이었다.

전국적으로 인정받은 유망주들이 몰려들었고 그중에서도 딱 30명만 뽑았기에 오직 선택받은 이들만 들어갈 수 있는 곳이었다.

지금 그런 곳을 고작 3, 4개월 준비해 들어가겠다고 말한 것이니 아버지의 반응도 이해는 갔다.

'지금부터 준비해도 간당간당하긴 하지.'

입학시험은 내년 2월 말.

고작 4달 정도가 남은 것이었다.

"계속해서 약제를 지어 주시면 감사하겠습니다. 오늘부터 제대로 수련할 거니까요. 한 2배 정도만 준비 좀 해 주세요."

"지금보다도 더 한다고?"

"더 해야죠. 성무학관 들어가야 하니까요."

아버지는 피식 웃더니 고개를 끄덕였다.

"그래, 그래. 이왕 하는 거 네 말대로 크게 한번 가 보자. 원없이 해 봐라. 아주 제대로 받쳐 줄 테니까."

"역시 우리 아빠. 하지만 돈은 할아버지한테 빌리겠죠?"

"부자 아빠를 둔 것도 아빠의 능력이란다."

"부자 할아버지를 둔 제 능력이라고 하죠."

나는 웃으며 마지막 고기를 집어 입에 넣었다.

이제부터 지옥의 시작이었다.

성무학관(聖武學館)에 들어가기 위해서는 지금처럼 외공만 키워선 안 됐다.

지금부터는 내공도 수련해야만 했다.

"시골 학관에서 좀 잘나간다고 방심할 수는 없지."

시골과 도시의 차이는 하늘과 땅과 같았으며 도시와 성무학관의 차이는 하늘과 저 달만큼 컸다.

아무리 노력해도 천재가 아닌 이상 발조차 들일 수 없는 곳.

그곳이 성무학관이었다.

"슬슬 수련 친구를 만들자."

수련은 외로운 길이었다.

누군가와 의견을 나누고 고생을 같이하는 것만으로도 이 고된 길을 걸어갈 힘을 얻을 수 있었다.

"다 됐다. 존순."

그렇게 나는 존순을 부활시켰다.

존순은 좋은 말동무였다.

절대로 딴죽을 거는 법이 없었으니 말이다.

내가 수련할 심법은 바로 신로심법(身路心法).

이름 그대로 몸의 길을 만들고 단련하는 기초 심법이었다.

지금은 그 누구도 모르는 미래의 심법.

현재에도 기가 이동하는 길을 닦는 심법은 많았으나 그것들은 전부 구식이었다.

전쟁은 무기를 발전시켰고 인류의 무기는 바로 무공이었다.

한 천재가 각종 심법의 장점만을 모아 무결점 심법을 만들었고 그것이 바로 신로심법이었다.

나는 운이 좋게도 이 신로심법을 배울 수 있었다.

그 천재가 내 첫 번째 스승이었으니 말이다.

"운도 좋아. 그런 천재가 내 스승이 되어 주고."

덕분에 나는 저주받은 신체에서 벗어날 수 있었다.

'전에는 나이 들어 배워 큰 효과를 못 봤으나 이번에는 아니다.'

기초 심법들은 기초라는 단어 때문에 과소평가 되었지만, 어찌 보면 가장 중요한 것이 바로 이 기초 심법이었다.

몸을 만든다는 것은 호수를 파는 것과 같았다.

넓고 깊은 호수만이 많은 물을 담을 수 있는 것처럼 기초를 튼튼히 한 신체만이 많은 내공을 담을 수 있었다.

물론 타고 나기를 바다와 같이 타고난 사람들도 있었으나 나같이 평범한 사람은 죽을 듯이 기초를 갈고닦아야만 천재들의 뒤통수라도 바라보며 달릴 수 있었다.

"일단 길을 밝힌다."

신로심법은 3단계로 나뉘었다.

첫 번째는 천로(闡路).

길을 밝힌다는 뜻이었다.

단전에 내공을 모으고 또 제대로 활용하기 위해서는 기혈을 전부 밝힐 필요가 있었다.

그렇게 눈을 감고 가만히 앉아 길을 뚫기 시작한 지 한 시진.

생각보다 빠르게 몸을 한 바퀴 돌 수 있었다.

"시작이 좋은데?"

겨우 한 바퀴를 돌았다고 길이 전부 밝혀지는 것은 아니었다.

인간의 몸은 원래 상태로 돌아가려는 성질이 있어 계속해서 기혈을 뚫어 주지 않는 한 다시 닫힌 상태로 돌아가기 마련이었다.

그래도 고무적이다.

회귀 전, 처음 한 바퀴 도는 데는 3달이나 걸렸었다.

신로심법을 처음 익힐 당시에는 어두운 길을 횃불 하나에 의지해 걷는 느낌이었다.

감을 잡는 데만 한 달이 걸렸고 정확한 길을 찾아 한 바퀴를 도는 데는 두 달이 걸렸었다.

하지만 지금은 눈을 감고도 찾아갈 수 있을 정도로 익숙한 길을 걷는 것과 같았다.

모든 게 순조롭다.

"나 이러다가 천하제일인 되는 거 아니냐, 존순아? 아하하하하!"

존순을 안고 빙글빙글.

아주 행복한 수련이었다.

"참, 당신 볼 면목이 없었는데. 서하가 그래도 꽤 잘 컸어."

상원은 약제를 지으며 혼잣말로 중얼거렸다.

항상 부인과 함께 있던 약방.

혼자가 된 지 10년이 넘었으나 지금도 같이 있는 것처럼 대화를 이어 가는 상원이었다.

"수련도 열심히 하고. 자기 길을 찾아가는 게 보기 좋아."

약제가 완성되고 상원은 그릇에 담으며 말했다.

"당신 닮아서 똑똑한가 봐. 다행이야. 나를 안 닮아서. 지금까지는 날 닮은 줄 알았는데 말이야."

씁쓸하게 웃던 상원은 서하가 있는 곳으로 향했다.

그리고 그곳에서 돌과 함께 춤을 추는 아들을 발견했다.

"나 이러다가 천하제일인 되는 거 아니냐, 존순아? 아하하하하!"

돌에 얼굴까지 그려 놓고 존순이라고 부르고 있었다.

그것을 바라보던 상원은 멍하니 말했다.

"이럴 수가. 내 아들이 미쳤다니."

상원은 입을 틀어막았다.

줄여서 입틀막.

"어쩐지 친구가 없더라니. 저런 걸 만들어 놓고 있었구나. 크흑. 아빠가 더 열심히 할게."

아무래도 좋은 약을 많이 먹여야만 할 거 같았다.

정신없이 한 달이 지났다.

매일 4시진씩 신로심법을 수련하고 나머지 4시진은 육체를 수련하며 하루하루를 보냈다.

매일 묘시(오전 5시)에 일어나 해시(오후 9시)까지 수련을 했고 수련이 끝나면 바로 잠드는 바람직한 생활.

아버지는 매일같이 활력을 회복해 주는 약과 근육을 회복시켜 주는 약탕을 만들어 주었기에 빠른 회복이 가능했다.

어느 날부터 주문하지 않은 탕약이 하나 늘어났지만, 몸에 좋은 거라니까 상관없겠지.

그렇게 두 달 가까이 수련하니 슬슬 무사 지망생이라고 불릴 정도의 신체 능력은 갖추어졌다.

성무학관에 들어가기 위해서는 아직 멀었지만 그래도 계획대로 성장하고 있었으니 자신은 있었다.

강함만이 성무학관에 들어가는 절대적 기준은 아니었으니 말이다.

그리고 드디어 신년이 다가오고 있었다.

"내일 출발이다. 준비는 되었니?"

"당연하죠. 뭐 때문에 이렇게 수련했는데요."

"성무학관?"

"그것도 있지만, 무엇보다 할아버지에게 인정받기 위함이죠."

철혈(鐵血) 이강진.

그 어떤 상황에서도 냉정하게 일을 처리해서 붙은 별명이었다.

왕이 내린 명령에는 무조건 따르는 그의 모습을 보고 사람들은 왕의 검이라는 칭호까지 붙여 주었다.

과거 청신 가문은 그저 그런 무사 가문이었다.

간혹 상급 무사를 배출해 내기는 했으나 그것만으로는 명문가라는 호칭이 붙을 수 없었다.

그런 집안을 최고의 명문가로 만든 것이 할아버지, 바로 이강진이었다.

그러나 한 사람의 힘으로 세워진 왕국은 그 사람이 사라지는 순간 무너지기 마련이다.

그렇기에 이강진은 누구보다 후계자 육성에 힘썼으나 지금까지는 잘되지 않았다.

'아버지의 세대는 상급 무사에서 더 못 올라갔었지.'

큰아버지와 작은아버지는 수많은 고수를 스승으로 두고도 상급 무사 이상으로 올라가지 못했다.

냉정히 말해 실패작이었다.

진정한 명문가로 인정받기 위해서는 계속해서 뛰어난 선인(仙人)을 배출해야만 했다.

그래서 이강진은 손자들에게 모든 것을 걸었다.

이미 나이가 40대 중반에서 30대 중반인 아들들보다 더 가능성이 있을 테니까.

"준비되었으면 출발하자."

본가는 수도 근처에 있었다.

넓디넓은 산을 하사받은 이강진은 그 전체를 저택으로 만들었다.

"선물은 안 사 가도 될까요?"

"할아버지 집에는 없는 게 없어서 사 가 봤자 왜 사 왔냐는 소리만 들을걸? 그냥 너 데리고 가는 게 선물이다."

아버지는 농담 식으로 말했으나 반은 진심이었다.

실제로 할아버지 집에는 없는 것이 없었으니 말이다.

하지만 그렇게 말한 거치고는 나름 선물 하나를 준비한 아버지였다.

"그 탕약은 뭡니까?"

"그렇다고 아무것도 안 들고 가는 것도 아니지 않겠냐. 보는 눈도 있는데. 그래도 아들이 약사인데 아버지에게 약 한 첩은 지어 드려야지."

사이가 안 좋아도 부자지간이라는 것이었다.

아버지는 말에 짐을 실은 뒤 말했다.

"출발하자꾸나."

오랜만에 가는 큰집이었다.

◆ ◇ ◆

12월 31일.

올해의 마지막 날. 해가 뉘엿뉘엿 넘어가는 때에 맞추어

도착한 서하는 오랜만에 보는 본가를 올려다보았다.

청신산가(靑申山家).

수도 외곽의 동산에 지어진 청신 가문의 본가는 화려한 장식품 하나 없이 단순한 건축물로만 이루어져 있었다.

단순한 크기로 압도하는 웅장함.

산에 걸쳐 다지고 또 다져 만든 거대한 저택은 흡사 마을과도 같았다.

"아이고, 이제야 도착했네."

청신산가는 단순한 저택을 벗어난 건축물이었다.

할아버지는 저택보다도 먼저 체계적으로 수련할 수 있는 학관을 만들었다.

자식들은 물론 전국의 유망주들을 선별해 무공을 가르치기 위한 시설.

이름하여 청신학관(靑申學館).

오직 강대한 무(武)가 모든 것이라고 말하고 다니는 할아버지다운 행동이었다.

'예전에는 청신학관에 들어가는 게 꿈이었지…….'

청신학관에 입학하기 위해서는 나이에 맞는 수준 높은 시험을 통과해야 했다.

그것은 청신가의 사람이라고 예외가 아니었기에 회귀 전의 나는 결코 입학할 수 없는 곳이었다.

'이번에는 성무학관에 들어가는 게 더 중요하니까.'

한 번쯤은 들어가 보고 싶지만 이번에도 포기하도록 하자.

"긴장 풀고. 어차피 사람 사는 곳이야."

"아버지가 더 긴장한 거 같은데요."

"내가? 전혀. 전혀 긴장 안 했는데? 크흠."

목을 가다듬는 건 긴장했을 때 나오는 버릇이었다.

"그럼 들어가 보자꾸나."

오랜만에 찾아오는 본가였다.

산가(山家) 안으로 들어가자 기다리고 있던 하인이 마중 나와 손님방으로 안내했다.

신년에 손님방이 가득 차 있다는 건 그만큼 청신의 위상이 높다는 것을 뜻했다.

'근위대장이셨으니까.'

정확히 말하면 전(前) 근위대장이셨다.

그렇다고 하더라도 늙은 왕의 오랜 친구로 40년간 그의 옆을 지켰던 인물인 만큼 아직도 정치권에서는 무시할 수 없는 힘을 가지고 있었다.

"여기입니다."

작은 손님방을 내어 준 하인은 고개를 숙이며 말했다.

"죄송합니다. 남는 방이 많지 않아 도련님에게 어울리지 않는 방을 내어 드릴 수밖에 없었습니다."

"괜찮다. 고작 둘이 쓸 거니 부족하지 않다."

"송구스럽습니다."

정말인지 송구스러워해야 할 정도로 좁은 방이었다.

아니, 정확하게 말하면 손님방도 아니었다.

하인의 방이라고 보는 것이 맞았다.

하지만 하인이 무슨 죄가 있겠는가?

분명 이런 방을 배정받은 데에는 다른 누군가의 입김이 작용했을 것이다.

아버지는 씁쓸하게 웃으며 말했다.

"손님들이 많으니 어쩔 수 없지. 주인인 우리가 양보하는 수밖에. 가서 일 보게."

"이해해 주셔서 감사합니다."

하인이 도망치듯이 사라지고 나는 방을 살피다 말했다.

"이야, 이 정도면 아빠랑 껴안고 자야겠는데요?"

"그럼 오랜만에 부자간의 정을 느껴 볼까?"

"으, 징그럽습니다. 그래도 뭐 조금 더 크면 얼굴 보기도 힘드니 기회 있을 때 같이 자기도 하고 그래야죠."

"참 나. 네 나이에 그런 소리도 하냐?"

"긍정적으로 생각하자는 겁니다. 긍정적으로."

나는 빙긋 웃어 보였고 아버지는 안심한 듯 고개를 끄덕였다.

회귀 전이라면 이런 방 싫다고 신경질을 부렸겠지만 180년이나 살았으면 철이 들어야 하지 않겠는가?

남자는 죽을 때까지 철들지 않는다는 말이 있지만 나는 한 번 죽었으니까.

무엇보다 이 방 배정은 양보의 개념이 아니라 조롱의 개념이었으니 나까지 투정 부리면 아버지가 정말 작아질 수밖에 없다.

'아마도 큰아버지나 작은아버지의 짓일 텐데.'

성격으로 보면 작은 쪽의 짓일 확률이 높았다.

'짜증나네.'

아버지는 묵묵히 짐을 풀었으나 무언가 가슴이 답답했다.

오랜 세월을 살며 나에게 가해지는 무시와 조롱은 그냥 한 귀로 듣고 흘릴 수 있게 되었으나 아버지가 관여되면 그냥 넘길 수 없는 법이었다.

'하긴, 부모 욕하는 것들은 때려죽여도 된다고 했었지.'

내가 만든 말이었다.

일단은 참자.

이 상황을 이용할 때는 꼭 올 테니까.

"옷 다 갈아입었으면 인사드리러 가자."

"네."

아버지와 나는 옷을 갈아입은 뒤 밖으로 나왔다.

그때 오랫동안 잊고 있었던 목소리가 들려왔다.

"오랜만입니다, 형님."

범인은 범행 장소로 돌아온다는 글귀를 본 적이 있었다.

정말이지 책에 적힌 건 무시할 수 없다.

목소리의 주인공은 내 작은아버지.

이경원이었다.

그는 비릿하게 웃으며 다가와 말했다.

"오랜만이구나. 서하야."

"안녕하십니까? 작은아버지."

작은아버지, 이경원은 아버지보다 한 살 어렸다.

거뭇거뭇한 피부와 큰 덩치.

작은아버지는 할아버지를 닮았기에 할머니를 닮은 아버지
와는 분위기부터가 달랐다.

작은아버지의 옆에는 원수 같은 사촌인 이준하가 있었다.

거뭇한 피부에 또래보다 머리 하나는 더 큰 덩치.

녀석은 나를 보자마자 비릿하게 웃었다.

곧 괴롭혀 주겠다는 듯이.

"좁은 방이죠. 이해 좀 부탁합니다. 중요한 손님들이 많이
와서."

"그래, 그렇구나. 괜찮다. 어차피 하루만 있다가 갈 생각이
니."

"네, 이해하셔야죠."

작은아버지, 아니 이경원은 내 기억보다도 짜증 나는 인간
이었다.

중요한 손님들이 많이 와?

너희는 중요한 손님이 아니라는 것을 에둘러 말한 것이었다.

한마디라도 해 주고 싶었으나 여기서 문제를 일으킬 생각은 없었다.

이번 잔치에서 난 최대한 할아버지의 호감을 살 생각이었다.

그래야만 앞으로의 계획에 필요한 지원을 받을 수 있을 테니 말이다.

그때 옆에 서 있던 이준하가 입을 열었다.

"오랜만이다. 이서하."

회귀 전이라면 저 인사에도 벌벌 떨었겠지만, 그때의 어린 나는 이제 이 세상에 없다.

"그래. 반갑네. 이준하."

"이야. 뭐가 좀 달라졌네? 이번에 무과반으로 진급했다고 하더니 어깨에 힘 좀 들어갔어. 어?"

"수련을 열심히 했거든. 여기 근육 봐라. 너는 배에 근육이 붙은 건가? 좀 나온 거 같다?"

준하는 살에 열등감을 가지고 있었다.

녀석은 어렸을 적부터 인기가 없었고 그것이 큰 덩치 때문이라고 생각했으니까.

"이 새끼가……."

"이준하. 어른들 앞에서는 말조심해야지."

이준하를 말린 작은아버지는 나를 흥미롭게 바라보고 있었다.

흥미롭긴 할 것이다.

매일 처맞아 울기만 하던 내가 또박또박 받아치고 있었으니까.

"무예에는 재능이 없는 줄 알았는데 무과반에 올라가다니. 서하도 꽤 하나 보네요."

"내 생각보다도 잘하더라고."

"그래 봤자 시골 학관이지만 말입니다."

"개천에서 용이 나올 수도 있는 법이지."

아버지는 씩 웃고는 몸을 돌렸다.

이미 나의 실력을 눈으로 본 아버지는 작은아버지의 말에 자존심이 상할 필요가 없었다.

"가자, 서하야."

"네, 아버지."

그렇게 내가 몸을 돌릴 때 뒤에서 이준하가 비웃듯 말했다.

"이따 보자. 이서하."

왜 이렇게 나중에 보자는 친구들이 많아?

대꾸해 줄 필요는 없다.

청신산가의 본관은 검소했다.

할아버지는 개인 연무장에서 가벼운 수련을 하고 있었고 아버지와 나는 할아버지가 수련을 멈출 때까지 기다렸다.

이윽고 수련을 마친 할아버지가 땀을 닦으며 돌아봤다.

"그간 강녕하셨습니까? 아버님."

"그래, 오랜만이구나."

철혈(鐵血) 이강진.

할아버지는 70대 초반의 나이에도 50대 초반처럼 보였다.

짧게 자른 머리와 각진 턱.

몸에 난 수많은 상처는 그의 인생을 대변하는 것만 같았다.

오랜만에 긴장이 되기 시작했다.

지금까지 어중이떠중이들만 만나다가 아주 오랜만에 진짜 무사를 만난 것이었다.

"서하가 많이 컸구나."

할아버지는 나의 앞으로 와 눈높이를 맞추었다.

할아버지의 거대한 손이 나의 어깨를 잡았고 이윽고 팔과 등을 어루만지기 시작했다.

근육을 만져 보는 것이었다.

"그래. 보고대로구먼."

보고?

고개를 갸웃하는 사이 할아버지가 내 머리를 쓰다듬으며 말했다.

"무과반에 올라갔다는 소식은 들었다. 잘했구나."

"감사합니다. 당연한 일인걸요."

"당연한 일이냐? 스스로의 노력을 폄하하지 말거라. 1년 만에 크게 성장했구나. 그래, 상원아. 저녁은 먹었느냐?"

"아뇨, 아직 안 먹었습니다."

"그래, 오늘 저녁은 가족끼리만 먹기로 했으니 잠시만 기다려라. 난 옷 좀 입고 오마."

아버지와 나는 할아버지가 사라지자마자 동시에 한숨을 내쉬었다.

아버지는 가슴을 쓸어내리며 말했다.

"후우, 긴장했다."

"저도요."

"만족하신 거 같으냐?"

"네, 표정을 보시면 만족하신 거 같아요."

고수들은 근육을 만져 보는 것만으로도 외공의 수준을 알 수 있었다.

할아버지가 내 수련 정도를 확인할 것이라는 것쯤은 예상한 바였다.

그런데 보고라니?

이야기를 들어 보면 아무래도 진급 시험에 누군가가 왔었던 것만 같았다.

'……뭐, 만족하셨으면 됐지.'

일단 첫 번째 단계는 넘어간 것만 같았다.

◆ ◈ ◆

식사 준비는 오래 걸리지 않았다.

작은아버지 이경원은 준하와 함께 나타났고 뒤를 이어 큰아버지 이장원이 들어왔다.

'오랜만이네. 큰아버지.'

큰아버지 이장원은 한마디로 허세 가득한 중년이라고 볼 수 있었다.

나쁜 사람은 아니었다.

하지만 허풍이 너무 심하고 전부 자기 자랑이었기에 그를 좋아하는 사람은 많지 않았다.

특히나 작은아버지 경원과는 극과 극이었기에 부딪치는 일도 많았다.

아니나 다를까 큰아버지는 자리에 앉자마자 입을 열었다.

"오랜만이네, 동생. 잘 지냈어?"

"네, 잘 지냈습니다. 형님은 어떠십니까?"

"나야 좋아 죽지. 내가 아직 너한테 건하 얘기 안 했지?"

"네, 하지 않으셨습니다."

이건하.

큰아버지 이장원의 첫째 아들로 올해로 25살이 된 나의 사촌 형이었다.

실속은 없고 허세만 있는 큰아버지와 달리 이건하는 묵묵히 실력으로 보여 주는 인물이었다.

"글쎄 건하가 이번에 백의선인이 되었지 뭔가? 하하하. 내가 그놈은 될 줄 알았어. 어렸을 적부터 날 닮아서 아주 훌륭했다고."

자식 자랑은 어느 시대나 좋은 안줏거리였다.

문제는 큰아버지가 자랑을 시작하면 끝이 없다는 것이었다.

"너도 알다시피 우리 가문에 선인은 아버지뿐이지 않냐? 나랑 경원이는 뭐 망했고 너는 약제사가 되었으니 말이야. 지금이라도 건하가 선인이 되어 한시름 놓은 셈이지. 적어도 차기 가주 걱정은 없어진 거 아니겠느냐? 하하하."

아직 할아버지가 정정한 상황에서 위험한 발언이었으나 할아버지는 아무런 말도 하지 않았다.

하지만 때를 놓치지 않고 작은아버지가 끼어들었다.

"거참, 형님. 아버지가 이렇게 정정하신데 그게 무슨 망발입니까? 그리고 고작 백의선인이 어떻게 청신을 이어 갑니까?"

선인에는 일종의 등급이 있었다.

백의선인(白衣仙人)은 이제 막 선인이 된 이들에게 주어지는 명칭이었다.

물론 그것도 엄청난 일이었다.

평범한 사람은 아무리 노력해도 선인이 될 수 없었으니까.

하지만 그런 선인 중에서도 백의선인은 9할을 차지하고 있었고 평생 백의로 끝나는 이들이 대부분이었다.

큰아버지는 피식 웃으며 말했다.

"고작? 선인도 되지 못한 네가 말할 건 아닌 거 같은데."

"그러는 형님도 못 되지 않았습니까?"

"하지만 내 아들은 되었지."

"준하도 더 크면 선인이 될 겁니다."

"아직 일어나지도 않은 일을 일어날 것처럼 말하는구나. 그건 그때 가서 말하거라. 하하하."

"쯧."

할 말이 없어진 작은아버지는 혀를 찼다.

그러는 사이에도 이준하 놈은 그러든지 말든지 돼지처럼 게걸스럽게 먹고만 있을 뿐이었다.

"어쨌든 가주니 뭐니 하는 건 시기상조입니다. 아직 아버지가 저렇게 정정하신데 무슨 그런 망언을 하십니까?"

"틀린 말을 한 건 아니지 않습니까? 아버지. 후계자는 정하셔야죠."

큰아버지의 말에 할아버지가 처음으로 입을 열었다.

"그건 내가 알아서 정한다. 발언권을 가지고 싶으면 너희도 어서 선인으로 올라가거라."

모두가 입을 다물 수밖에 없었다.

철저한 실력 지상주의.

청신에서 발언권을 가지기 위해서는 무조건 선인이 되는 수밖에 없었다.

반대로 선인만 된다면 아무리 어려도 발언권을 가지게 되는 것이었다.

한마디로 현재 가문의 일을 논할 수 있는 사람은 할아버지와 사촌 형 이건하뿐이라는 것이다.

"그보다 서하가 무과반에 합격했다는 소식은 들었느냐?"

"정말입니까? 호오."

큰아버지는 진심으로 놀란 듯 보였다.

하긴, 마지막으로 본 난 철없는 꼬마였으니까.

"서하가 힘냈구나. 축하한다. 너도 이제 무사의 길에 들어섰구나."

큰아버지는 진심으로 축하를 해 주었다.

이미 아들을 선인으로 만든 그에게 나의 무과반 진급 소식은 귀여운 조카의 작은 성취일 뿐이었다.

하지만 작은아버지는 달랐다.

그에게는 나와 동갑인 이준하라는 아들이 있었고 직접적인 비교 대상이 될 수밖에 없었다.

무엇보다 할아버지는 지금까지 단 한 번도 준하를 칭찬해준 적이 없었다.

아니, 언급조차 한 적이 없다고 보는 것이 맞았다.

"축하한다. 시골 무과반이지만 그래도 힘내면 너라도 무과에 급제할 수도 있을 거야."

작은아버지는 격려 같지 않은 격려를 해 주었다.

그때 할아버지가 말했다.

"그래서 말이다. 경원이 너는 무과반에 서하 자리를 만들거라. 상원이는 바로 정리해서 본가로 들어오고. 네가 너 하고 싶은 대로 살았듯이 서하도 자기 하고 싶은 건 하면서 살아야 하지 않겠느냐?"

"네, 그래야죠."

이럴 줄 알았다.

예상했던 대로 할아버지는 나에게 청신학관에 들어오라고 명령 아닌 명령을 내렸다.

하지만 내가 들어가야 할 학관은 따로 있었다.

물론 청신은 알아주는 명문이었지만 회귀 전부터 내 목표는 성무학관으로 다른 곳은 갈 생각도 없었다.

"제안은 감사합니다……."

감사합니다만…… 하고 거절하려는 그 순간이었다.

"아버지 그건 안 되겠습니다. 내년 무과반 정원은 꽉 찬 상태입니다."

작은아버지가 맹렬히 반대하고 나섰다.

작은아버지의 발언에 할아버지는 대수롭지 않게 말했다.

"그럼 자리를 만들면 되겠지."

"그건 안 될 말입니다. 무과반의 정원은 100명이고 우수한 성적을 내고도 상대 평가에서 떨어진 아이들도 많습니다. 시험도 보지 않은 서하가 들어간다면 그건 공정성에 어긋나는 겁니다."

들어갈 생각도 없는데 맹렬하게도 반대하는 작은아버지였다.

나름대로 이유는 그럴듯했으나 질투심 때문에 저러는 것이 분명했다.

한참 밑이라고 생각했던 사람이 동등한 위치로 올라오면 어떻게든 깎아내리려는 것이 사람이었으니 말이다.

"공정성이라고? 지금 네가 공정성이라고 했느냐?"

할아버지는 굳은 표정으로 말했다.

단순히 정색했을 뿐인데도 오금이 저렸다. 산전수전 다 겪은 내가 이 정도면 다른 사람들은 정말로 오줌을 지릴 수도 있었다.

눈치 없는 이준하만 빼면 말이다.

아니나 다를까 작은아버지는 긴장한 얼굴로 식은땀만 흘리고 있었다.

"……왜 그러십니까? 아버지."

"그래서 네가 다른 교관들에게 준하를 잘 봐 달라고 압박 넣었었구나."

"그건 그냥 학부모로서 잘 봐 달라고 한마디 한 것뿐입니다."

"공정함을 중요시하는 놈이 자기 위치도 모른단 말이냐? 네가 정말 평범한 학부모로 받아들여질 거 같으냐? 내 앞에서 위선 떨지 말아라."

"……죄송합니다."

괜히 나댔다가 본전도 못 찾는 게 이런 상황일까?

어차피 나는 성무학관으로 갈 생각이었으니 어찌 되든 상관없었다.

이쯤 슬슬 내 의견도 좀 밝혀야겠다.

"말씀은 감사하지만 저는…….."

"하지만 경원이 네 말도 일리가 있구나. 그럼 이렇게 하자. 준하와 서하가 실력을 겨뤄서 이긴 쪽이 무과반으로 진학하는 거로 결정하자꾸나. 어차피 내 손자새끼 하나 빼고 내 손자 넣겠다고 하면 큰 문제는 없겠지."

나의 의사와는 상관없이 대련이 잡혀 버렸다.

할아버지가 저렇게까지 말하는데 여기서 '저는 성무학관을 갈 생각인데요~.'라고 말할 수는 없다.

아니, 차라리 잘됐다.

대련은 누구보다 내가 바라던 상황이었다.

앞으로의 계획에서는 할아버지의 지원이 절실했으니 내 실력을 뽐낼 기회가 필요했다.

거기다 상대가 이준하라면 소소한 복수도 할 수 있으니 일석이조 아니겠는가?

하지만 얻을 게 없는 작은아버지는 바로 반발했다.

"아버지. 준하의 진학은 이미 결정된 사항입니다. 이 대련을 해서 얻을 게 없지 않습니까?"

"준하가 이기면 원하는 걸 아무거나 하나 사 주도록 하지. 무기도 좋고, 영약도 좋고, 땅을 원하면 땅을 사 주마. 어떠냐?"

파격적인 제안.

작은아버지는 미소를 숨기며 말했다.

"……그렇게까지 말하신다면 그렇게 하겠습니다."

아마 자기 아들이 이길 것이라고 확신하고 있겠지.

할아버지는 독불장군 같은 면이 있었으나 그렇다고 폭군은 아니었다.

자신만만한 작은아버지와 달리 아버지는 걱정스럽게 물었다.

"괜찮겠니?"

"그럼요. 원하던 바입니다."

안 그래도 기회 봐서 손 좀 봐 줄 생각이었는데 차라리 잘됐다.

대련 중이라면 합법적으로 손봐 줄 수 있을 테니까.

"결정되었구나. 그럼 식후 한 시진 후에 연무장으로 모이도록 해라."

손자들 싸움을 붙이고 묘하게 신나 보이는 할아버지였다.

한 시진(2시간) 후.

본격적인 대련을 앞두고 나는 몸을 풀기 시작했다.

'어떻게 하면 할아버지의 마음에 들 수 있을까?'

할아버지의 지지를 얻기 위해서는 재능이 있음을 선보여야만 했다.

이럴 때 필요한 것이 바로 극적인 연출이었다.

단순히 투덕거리다가 승리! 같은 느낌으로는 할아버지에게 감동을 줄 수 없을 테니 말이다.

'압도적이어야겠지?'

시작하자마자 끝내 버릴까?

아니, 그건 너무 허무하다.

방심해서 당했다고 변명할 수도 있어 대련 후 모양새도 좋지 않을 것이다.

그렇게 어떻게 할아버지의 마음에 들까 생각하고 있을 때 이준하가 말했다.

"야, 이서하. 고맙다. 덕분에 비싼 영약으로 몸보신 좀 하겠네."

녀석은 언제나처럼 자신만만했고 작은아버지도 의기양양하게 할아버지 옆에 붙어 자식 자랑 중이었다.

"준비됐느냐?"

심판을 맡은 큰아버지가 앞으로 다가와 물었고 나는 고개를 끄덕였다.

"한쪽이 항복하거니 내가 그만하라고 할 때까지 계속한다. 알겠느냐?"

"네!"

"그럼 시작해라."

큰아버지가 뒤로 물러나는 순간 준하 녀석이 기다렸다는 듯이 달려든다.

예상은 하고 있었으나 놀랄 수밖에 없었다.

그도 그럴 것이 너무 허접했으니까.

"이건 뭐야?"

나도 모르게 육성으로 말해 버렸다.

듣지도 보지도 못한 자세에서 뻗어져 나오는 주먹은 너무나도 느려 맞아 주려야 맞아 줄 수가 없었다.

"어쭈, 피해?"

이준하가 놀란 듯 말했으나 이쪽도 놀라긴 마찬가지였다.

도대체 청신학관에서 뭘 배운 거냐? 너.

"이 멍청아. 그럼 맞냐?"

"이 새끼가!"

이준하는 마치 대단한 봉인을 해제하듯 온갖 관절을 풀며 말했다.

"너 따위가 내 주먹을 피해? 이거 제대로 해야겠네. 넌 이제 뒤졌다."

관절을 푼다고 없는 힘이 나오는 건 아니었지만 준하의 나이를 생각하면 이해가 가는 부분이었다.

저 나이에는 자신에게 숨겨진 힘이 있다는 둥, 정신력으로 각성한다는 둥 이상한 헛소리를 할 때니까.

하지만 그런 허접한 주먹에 맞아 줄 정도로 나는 착한 어른이 아니었다.

'슬슬 연출 들어가야겠네.'

연출은 간단했다.

이제부터 나는 준하의 코만 때릴 생각이었다.

모든 공격을 피하며 오직 한곳만.

같은 곳을 10번만 맞아도 사람은 전의를 잃고 다시는 기어오르지 못하는 법이었다.

일단 한 대.

퍽! 하는 소리와 함께 이준하의 고개가 뒤로 넘어갔고 코에서는 피가 주륵 하고 흘러내렸다.

"아! 이런 씨……."

이준하는 더욱 흥분해 마구잡이로 주먹을 휘둘렀고 나는 냉정하게 녀석의 코만 노렸다.

퍽! 퍽! 퍽!

3번 더 공격이 들어가자 할아버지는 만족한 듯 웃었다.

손자들끼리 싸우는 걸 보면서 웃는 할아버지는 우리 할아버지뿐일 거다.

그렇게 4방을 제대로 얻어맞은 준하 녀석은 뒤로 물러나 씩씩거렸다.

"이런 씨…… 너 죽었어!"

4방이나 얻어맞고도 아직 전의를 잃지 않은 점은 칭찬해 줄 일이었다.

하지만 이준하는 겁먹은 건지 말로만 죽었다고 협박할 뿐 더는 쉽게 다가오지 못했다.

이럴 때는 한 번 더 도발해 줘야만 한다.

"뭐 해? 계속 덤비지?"

"안 그래도 갈 거다."

그러자 이준하가 갑자기 무기 진열대로 달리기 시작했다.

'가지가지 한다.'

연무장 한구석에는 무기 진열대가 있었다.

수련용 목검이나 봉 같은 것들을 진열해 놓은 것이다.

이준하는 거기서 목검을 꺼내 들고는 자신감을 얻은 듯 맹렬하게 달려들었다.

맨손 대결에 무기를 든 것부터 이미 패배한 셈.

상황이 이렇게 되면 이제 슬슬 큰아버지가 올라와 대련을 끝내야 하는 거 아닌가?

아버지도 같은 생각인지 이례적으로 크게 외쳤다.

"대련을 중단시켜야 하는 거 아닙니까?"

하지만 할아버지는 걱정할 거 없다는 듯 미소를 띤 채 말했다.

"걱정하지 말아라. 네 아들 실력은 너보다 내가 더 잘 아니까."

할아버지의 생각대로였다.

준하 정도의 실력으로는 목검을 들어 봤자 내 털끝 하나 건드릴 수 없을 것이다.

그러나 보통의 14살이라면 무기 앞에서 긴장해 제대로 실력을 발휘하지 못할 것도 생각해야 한다.

겁을 먹으면 실력을 발휘할 수 없는 법.

'내 대담성을 시험하는구나.'

이것 또한 일종의 시험이라는 것이었다.

그렇다면 보여 줘야 하지 않겠는가?

"죽어!"

목검을 들어 자신감을 찾은 이준하가 크게 휘둘렀다.

쯧쯧, 저게 기본이 아닐 텐데 말이다.

검의 기본기는 어렸을 적부터 배운다.

검을 쓰는 데 있어 가장 중요한 것은 직선적이고 빠르게 공격하는 것이다.

'위에서 아래로 공격할 거야!'라고 뻔하게 알려 주며 공격해 봤자 누가 맞겠는가?

하지만 고작 14살짜리였으니 쉽게 흥분하고 쉽게 기본을 잊기 마련이었다.

나는 녀석의 공격을 슬쩍 피한 뒤 또다시 코에 주먹을 꽂았다.

퍽! 퍽!

두 번 연달아 코를 맞은 녀석은 휘청거리다 쓰러졌고 나는 녀석이 놓친 목검을 잡아 들었다.

코를 때리는 작전은 여기까지면 충분했다.

내가 목검을 든 녀석을 상대로도 원하는 곳을 때릴 수 있다는 걸 아셨을 테니까.

이제 마무리 연출을 할 때였다.

"쯧쯧, 무기를 놓치면 안 되지."

녀석은 코뼈가 부러졌는지 고통스러워하고 있었다.

나는 녀석의 바로 앞까지 간 뒤 할아버지를 쳐다봤다.

역시나 말리지 않았다.

작은아버지가 주먹을 꽉 쥐고 있는 모습이 보였으나 할아버지의 명령이 떨어지기 전에는 움직일 수 없으리라.

먼저 무기를 든 건 이준하였으니까.

"야, 이준하. 무기를 드는 게 어디 있냐? 이거 맞으면 머리가 터져요. 그럼 죽는 거야. 목검이라도 막 휘두르면 그렇게 된다고."

"어, 어쩌라고? 안 죽었으면 상관없잖아!"

이 상황에서도 큰소리치는 망할 사촌이었다.

뭐 어차피 말로는 이놈의 썩어 빠진 성격을 고칠 수 없다는 걸 잘 알고 있었다.

"그래, 안 죽었으면 됐지. 일단 너도 한 대는 맞자. 네가 먼저 휘둘렀으니까 불만은 없지?"

"너는 안 맞았잖아! 내가 왜? 내가 왜 맞아야 하는데?"

"난 피한 거지. 말은 똑바로 하자."

"뭐?"

이준하는 할아버지를 바라봤다.

도와줄 인물이었다면 벌써 도와줬을 것이다.

"너도 잘 피해 봐."

"잠깐만! 미안! 내가 잘못……."

나는 바로 목검을 내려쳤고 이준하는 비명을 질렀다.

"으아아아아악!"

"준하야!"

작은아버지가 참지 못하고 뛰어드는 순간 나는 이준하의 이마 바로 앞에서 검을 멈추었다.

아무리 그래도 사촌 사이에 진짜로 죽여 버릴 수는 없지 않은가.

"톡!"

입으로 소리를 내며 이마를 가볍게 치는 순간 녀석이 앉은 곳에서 물이 흘러나왔다.

지린내.

이것까지는 예상하지 못했다.

"좀 심했나?"

"이 새끼가!"

작은아버지가 맹렬하게 달려와 손을 들었다.

이건 못 피한다.

아무리 내가 지난 4개월간 열심히 수련했다고는 하나 상급 무사에 비할 바는 아니었다.

일단 맞아 주자.

그때 할아버지가 일갈했다.

"이경원!"

작은아버지는 그 자리에서 얼어붙었고 할아버지는 무표정하게 말했다.

"애들 싸움에 끼어들지 마라."

"하지만……."

"먼저 무기를 든 건 준다. 그때는 말리지 않더니 지금은 왜 말리느냐?"

"아버지!"

"닥치고 물러나거라."

작은아버지는 이를 악물며 깊은 한숨을 내쉬었다.

내가 문제가 될 일은 없었다.

할아버지 말대로 먼저 무기를 든 건 준하였고 난 가볍게 이마를 쳤을 뿐이니까.

그러는 사이 큰아버지가 아버지에게 물었다.

"상원아, 서하가 언제 저렇게 강해진 거냐? 준하가 상대도 안 되네."

"갑자기 철이 들었습니다."

"이야, 또 한 명의 선인이 나오면 그건 서하겠네. 잘 키워 봐라. 선인 키우는 게 쉬운 일이 아니야. 애들은 중간에 길을 잘못 들면 그걸로 끝이니까. 걱정거리 있으면 형한테 물어보고. 알겠냐?"

"감사합니다. 형님."

이 와중에도 자기 자랑을 하는 큰아버지였다.

"그럼 사전에 말했던 대로 청신학관에 입학하는 건 준하 대신 서하로 하겠다."

"그건 말도 안 됩니다. 아버지! 준하는 정식으로 시험을 봐서 통과했어요."

"너도 이미 동의한 부분 아니더냐?"

"하지만……."

이번만큼은 작은아버지도 물러나지 않았다.

자식의 미래가 달린 일이었다.

그만큼 간절하겠지.

어차피 나도 청신학관에 입학할 생각은 없었다.

슬슬 내 목적을 말해야 할 때가 되었다.

나는 손을 들며 말했다.

"저기 할아버지."

"왜 그러냐? 서하야."

말하기 부담스럽게 모두의 이목이 쏠렸다.

하지만 할 말은 해야지.

"죄송하지만, 전 청신학관에 입학할 생각이 없습니다."

침묵이 감돌았다.

아버지를 제외한 모두가 놀란 얼굴이었다.

가장 먼저 반응을 보인 건 당연히 할아버지였다.

"청신학관에 다닐 생각이 없다고?"

"네. 저는 성무학관에 들어갈 생각입니다."

성무학관.

그러자 할아버지가 굳은 얼굴로 말했다.

"그게 무슨 뜻인지 아느냐?"

"네. 청신의 대표가 된다는 뜻입니다."

청신의 대표.

성무학관은 명실상부 최고의 학관이며 그 어떤 학관보다 입학하기 힘든 곳이었다.

그 이유는 정원이 정해져 있기 때문이었다.

성무학관은 전국에서 모여든 유망주들 중에서 고작 30명만 뽑았다.

청신학관의 경우에는 매년 100명이나 뽑으며 내부 경쟁이기 때문에 경쟁률로는 비교가 되지 않았다.

같은 가문에서 2, 3명씩 신청할 경우 자기들끼리도 경쟁해야 하므로 모두 가장 실력 있는 유망주만 참가시켰다.

즉 성무학관 입학시험은 각 가문의 미래를 간접적으로 보여 주는 시험이었다.

그렇기에 가문의 대표 유망주가 성무학관에 합격하는 것만으로도 가문의 위상이 올라갔고 반대로 만약 떨어진다면 미래가 불분명한 가문이 되어 버리는 셈이었다.

하지만 그런 걸 무서워할 상황은 아니었다.

"제가 청신의 대표가 되겠습니다."

언제나 긍정적으로.

나는 무조건 합격한다고 생각하자.

이준하를 가볍게 가지고 노는 것으로 가능성을 보여 줬으니까.

근데 왜 등에 식은땀이 흐를까?

할아버지는 무서운 얼굴로 나를 바라보다 말했다.

"……좋다."

"네?"

이렇게 쉽게 허락하실 줄은 몰랐는데…….

"대신 조건이 있다. 들어가서 이야기해 보자꾸나."

역시나.

호락호락 넘어갈 사람이 아니었다.

준하는 목욕탕으로 끌려갔고 나와 아버지는 할아버지를 기다리고 있었다.

"긴장하지 말거라, 서하야. 다 잘될 거다."

"아버지가 더 긴장한 거 같은데요."

"청심환이라도 줄까? 아빠는 이미 2개 먹었는데."

"남용은 좋지 않다고 하지 않으셨습니까?"

"네 할아버지 상대로는 3개도 적다."

"그럼 왜 2개만 먹은 겁니까?"

"네 것까지 2개만 가져와서 그렇단다."

"그럼 제건요? 준다면서요?"

"필요 없다고 할 줄 알고 물어본 거다. 원하면 뱉어 주랴?"

"됐습니다."

"그래, 그럴 줄 알고 2개 먹은 거다."

이 아빠가 정말.

아버지는 내 표정을 보더니 빙긋 웃었다.

"이제 긴장이 풀린 거 같구나. 긴장 푸는 데는 일상적인 대화가 최고지."

"혼자 청심환 먹은 행위를 그렇게 포장하지 마세요."

어쨌든 덕분에 긴장은 풀렸다.

그리고 때마침 편한 옷으로 갈아입은 할아버지가 안으로

들어왔다.

"그래, 성무학관에 도전하고 싶다고 했느냐?"

"네, 그렇습니다."

"왜 성무학관이냐?"

"……그건."

왜 굳이 성무학관이어야 하는가?

그건 지금 내 또래 중에 살리고, 도움을 줘야 할 천재들이 너무나도 많기 때문이었다.

나와 동갑, 혹은 두세 살 터울의 세대를 현재 이렇게 불렀다.

황금 세대.

재능이 뛰어난 세대를 말하는 진부한 표현.

하지만 미래에는 호칭이 바뀐다.

저주받은 세대로.

그런 만큼 내 또래에는 천재들이 많았고 그만큼 안타깝게 죽거나 변절한 이들이 많았다.

그리고 이들 대부분이 모여 있는 곳이 성무학관이었다.

하지만 그걸 설명할 수는 없었으니 다른 이유를 대야만 했다.

"가장 큰물에서 놀아야 큰 인물이 되지 않겠습니까? 저는 호수가 아니라 바다에서 크고 싶습니다."

"그럼 청신은 호수라는 거냐?"

"아무리 거대해도 호수는 호수지요."

할아버지는 이런 것에 기분 나빠할 위인이 아니라는 것을 알고 하는 말이다.

근데 왜 오금이 저릴까?

"하하하, 그래, 네 말이 맞다. 하지만 지금 실력이라면 성무학관에 들어갈 수 없을 거다."

"알고 있습니다."

성무학관의 수준이 높은 건 알고 있었다.

이준하를 압도한 것만으로는 성무학관을 통과할 수 없다.

하지만 아직 시험까지는 2달 정도가 남았다.

"2달 안에 실력을 끌어올리도록 하겠습니다."

"그래야지. 그럼 조건을 말하도록 하지. 2달 뒤, 시험 1주일 전까지 나에게 인정받지 못하면 잠자코 청신학관으로 입학하는 거다. 알겠느냐?"

"감사합니다."

할아버지의 조건은 단순했다.

성무학관에 도전할 정도로 실력을 키우는 것.

하지만 할아버지에게 인정받기 위해서는 밤낮으로 수련해도 모자랄 것이었다.

가볍게 합격할 정도의 실력이 아니라면 인정해 주지 않을 테니까.

하지만 나도 다 생각이 있었다.

"대신 저도 청이 하나 있습니다."

"말해 보아라."

"대련에 승리할 경우 저는 청신학관 입학을, 준하는 원하는 것을 하나 얻을 수 있지 않았습니까? 하지만 저는 청신학관에 입학하지 않았습니다. 보상을 얻지 못한 것이죠."

"그래서?"

"준하의 보상을 저한테 주셨으면 합니다. 제가 원하는 것을 하나 사 주세요."

할아버지는 씩 웃으며 웃었다.

"하하하하하! 그래, 네 말이 맞구나. 하나 원하는 걸 사 주마. 뭘 원하느냐?"

"그건 때가 되면 말씀드리도록 하겠습니다."

"오래는 못 기다려 준다. 나중에 10년 뒤에 이상한 걸 사 달라고 할 수도 있으니 말이다."

"성무학관 입학시험 전에 부탁하겠습니다."

지금은 살 수 없는 물건이다.

정확하게 말하면 입학시험 1주 전에 경매장에 나올 예정인 물건.

성무학관에 합격하기 위해서는 꼭 필요한 것이었다.

"그렇다면 기다려 주마."

"감사합니다, 할아버지!"

"자만하지 말고 계속 정진하거라."

나는 고개를 숙여 인사를 하다 말을 꺼냈다.

"아! 그리고 할아버지. 저희도 더 큰 방으로 옮겨 주실 수는 없습니까? 하루라면 하인들의 방에서도 충분히 잘 수 있겠지만 오래 있기는 힘들 거 같습니다."

"하인 방?"

할아버지의 안광이 빛났다.

이번에는 내가 오줌 지릴 뻔했으나 저 분노는 나를 향한 것이 아니니 넘어갈 수 있다.

"네, 손님이 많아 하인 방을 배정받았습니다. 하루 정도라면 아버지와 껴안고 자도 괜찮지만 매일은 좀⋯⋯."

"그래, 알았다. 상원이는 네가 쓰던 방으로 짐을 옮기거라."

"네, 아버님."

아버지가 어렸을 적 쓰던 방은 본가 안에 있었다.

청신산가 안에서도 할아버지와 같은 집을 쓴다는 건 특별한 의미였다.

"감사합니다. 저는 그럼 수련하러 가 보겠습니다."

"그래, 가 보거라."

밖으로 나오자 찬 공기가 불어왔다.

상쾌하다.

큰 산은 넘었으니 이제 입학시험까지 수련만 하면 될 일이다.

"그럼 이제 걱정 없이 수련해 볼까?"

입학시험까지 2달.

그사이 이 나라에서 가장 강한 15살이 되어야만 한다.

◆ ◈ ◆

손자가 나가고 이강진은 미소와 함께 차를 마셨다.

3년 만에 본 손자는 완전 다른 사람이 되어 있었다.

만사에 불만 가득한 얼굴로 짜증만 부리던 손자.

절대로 크게 되지 못하리라 생각했던 손자는 이강진이 본 그 누구보다 찬란하게 빛나고 있었다.

"보고보다 훌륭하군."

이강진이 말하자 옆방 문이 열리며 한 노인이 들어왔다.

왼쪽 팔이 없는 노인.

이강진의 오랜 오른팔이자 그와 같이 은퇴한 황현이었다.

황 노인은 빈 찻잔을 채우며 말했다.

"보고드린 것이 11월이니 그사이에 더 강해진 것이겠지요."

"실력을 말하는 것이 아니다. 자질을 보는 것이지."

냉정하게 말해 서하의 실력은 동 나이대에서 뛰어난 수준일 뿐.

아직 그 이상도 이하도 아니었다.

그러나 무엇보다 만족스러운 것은 무인으로서 타고나야 하는 자질이었다.

"나도 어렸을 적 처음으로 무기를 들고 대련한 적이 있었지. 목검이었어. 그때 내가 무슨 생각을 했는지 아나?"

"글쎄요. 상대를 죽여 버리겠다?"

"지금이라면 그랬겠지만 그땐 무서웠다. 한 대라도 맞으면 뼈가 부러지니까. 긴장해서 손잡이가 미끄러울 지경이었지."

"대장님한테 그런 시절도 있었습니까?"

"그랬었지. 하지만 서하 저 녀석은 눈 하나 깜빡하지 않고 피하더군."

"건하도 그러지 않았습니까?"

이건하.

첫 번째 손자는 15살 때 지금의 서하보다도 훨씬 강했다.

하지만 이강진은 건하 때보다도 더 기뻐했다.

"그랬지. 근데 자네는 만약 오늘 서하가 아니라 건하였다면 어떻게 되었을 거 같나?"

"글쎄요. 어떻게 되었을까요?"

"준하는 머리가 깨졌겠지. 건하는 절대로 검을 멈추지 않았을 거야. 그런 놈이니까."

건하는 서하만큼, 아니 서하보다도 재능이 뛰어났으나 잔혹하고 냉정한 성격이었다.

"군인으로서는 적합하지만, 결코 가주가 되어서는 안 되는 아이야."

잔혹하고 감정이 없는 사람은 큰일을 해서는 안 되는 법.

건하는 그저 명령에 따라 움직이는 군인이어야만 한다.

이강진은 뜨거운 차를 바라보며 말했다.

"보자고. 서하가 얼마나 해 줄지."

이제부터는 재밌게 하루하루를 보낼 수 있을 것만 같다.

Chapter 3.

청신산가에 들어오고 다음 날.

미처 챙기지 못한 짐들은 하인들이 전부 가지고 와 주었다.

일단 방은 아버지가 어렸을 적에 썼던 방을 같이 쓰고 있었다.

어린아이가 쓰던 방이라고는 믿을 수 없는 크기.

개인 목욕탕까지 있는 것으로 보아 할아버지가 아들들을 얼마나 챙겼는지를 알 수 있었다.

"아버지가 약사가 된다고 했을 때 왜 화내셨는지 알겠네요."

"그래. 왕자님 부럽지 않게 키워 놨더니 나간다고 했으니 화가 나셨겠지."

"큰아버지랑 작은아버지는 희망도 없는데 말이죠."

"하하하, 사실 무술도 내가 가장 잘하긴 했어."

아버지의 기상 시간도 나와 맞춰 묘시(오전 5시)로 바뀌었다. 원래 진시(오전 7시)에 일어나던 분이셨는데 말이다.

"그럼 저는 수련하러 가 보겠습니다."

"……몸조심하거라."

아버지는 도축장에 끌려가는 돼지를 보듯 동정심 가득한 눈으로 나를 바라봤다.

"왜 저러시지?"

매일 아침 하는 수련.

색다른 것도 없는데 말이다.

그렇게 문턱을 넘을 때였다.

"호오. 상원이 말대로구나. 정말 묘시에 일어나 수련을 시작하는구나."

방 앞에 할아버지가 서 있었다.

"안녕히 주무셨습니까?"

"그래, 너도 잘 잤느냐?"

"네! 방이 넓고 침대가 푹신해 잘 잤습니다."

"다행이구나. 잠이라도 푹 자야지."

잠이라도 푹 자야 한다고?

아주 잠깐 무슨 소리인지 이해할 수 없었으나 곧 깨달을 수 있었다.

"오늘부터 이 할아버지가 수련을 도와줄 거다. 몸부터 풀 자꾸나."

아무래도 할아버지가 직접 수련시켜 주는 모양이다.

"아…… 네!"

긍정적으로 생각하자.

역사에 기록될 정도의 고수가 직접 수련시켜 주는 것이다.

회귀 전이라면 상상도 못 할 일.

좋은 일이었지만 한 가지 걱정되는 게 있었다.

할아버지의 수련 방식은 상상 이상으로 무식하다고 소문 이 나 있었다.

'아니야. 소문이 과장되었을 거야.'

매일 절벽을 오른다느니, 200근(120kg)짜리 쇳덩이로 검 을 수련한다느니 하는 소문이었다.

'긍정적으로 생각하자.'

회귀 전보다 힘든 상황은 결코 없을 테니 말이다.

그렇게 이각(30분) 정도 몸을 풀자 할아버지가 말했다.

"그럼 이동하자."

"어디로 가시는 건가요?"

"요 뒤에 딱 좋은 절벽이 있다."

"……."

아마 뒷동산의 작은 절벽이 아닐까?

…….

그렇게 생각했던 때가 있었습니다.

눈앞의 절벽은 끝이 보이지 않았다.

"절벽을 타는 건 대담성과 민첩성, 판단력, 그리고 근력과 지구력까지 단련시켜 준다. 신체적으로나 정신적으로나 이보다 좋은 수련은 없지. 처음이니 할아버지를 따라 올라오너라."

할아버지는 그렇게 말하며 밧줄을 건넸다.

밧줄은 할아버지의 허리에 묶여 있었다.

"혹시 떨어져도 걱정하지 말거라. 할아버지가 굳건하게 버텨 줄 테니까."

"아……."

소문은 과장되지 않은 모양이다.

할아버지와 함께하는 오전 수련은 간단했다.

절벽을 올라왔다 내려갔다를 수도 없이 반복한 뒤 몸이 지치면 대련을 치른다.

그렇게 흠씬 두들겨 맞고 난 뒤 할아버지가 몇 가지 문제점을 짚어 주면 그걸 집중적으로 수정한다.

그렇게 묘시(오전 5시)에 시작해 미시(오후 1시)가 가까워질 때까지 몸을 수련한 뒤 점심을 먹고 내공 수련에 들어갔다.

할아버지는 손님들도 내팽개치고 내공 수련도 봐주겠다고 하셨지만, 한사코 거절한 끝에 혼자 수련할 수 있었다.

할아버지에게 신로심법(身路心法)을 수련해야 하는 이유를 설명할 자신이 없었기 때문이다.

할아버지는 스스로 만든 청신심법이 최고라고 생각하시는 분이었으니까.

"아, 죽겠다. 존순아, 형 죽는다."

다행히도 하인들이 존순을 가져와 주었다.

존순으로 삼을 만한 동그란 돌멩이는 쉽게 찾을 수 있는 게 아니었으니 참 다행이었다.

"슬슬 다음 단계로 넘어가자."

1단계인 천로(闡路)를 쉬지 않고 반복한 끝에 이 망할 몸의 기혈이 전부 열렸다.

이제 이를 강화할 차례였다.

2단계 강로(强路).

길을 강화한다는 의미로 기혈을 튼튼하고 유연하게 만드는 과정이었다.

신로심법이 다른 심법과 다른 점은 그릇 자체를 강화하는 것에 있었다.

어렸을 적부터 천로(闡路)와 강로(强路)를 끊임없이 수련한다면 남들이 하루에 1의 내공을 모을 때 나는 10의 내공을 모을 수 있던 셈이었다.

당장은 다른 심법보다 느려 보이겠지만 결국 장기적으로는 남들보다 빨리, 그리고 더 많은 내공을 얻을 수 있는 셈.

"차근차근 기둥부터 세우는 게 순서라는 거지."

조급함은 독이다.

결과만을 바라다 보면 결코 결과에 다가갈 수 없는 법이었다.

"집중하자. 집중."

강로(强路)를 제대로 익히기 위해서는 속에 있는 내공을 최대한 크게 뭉친 뒤 빠르게 돌려야만 했다.

1단계 천로를 하며 자연적으로 쌓인 내공이 있었으니 그걸 돌리면 될 일이다.

나는 내공을 최대한 응축한 뒤 빠르게 이동시키기 시작했다.

크고 날카로운 무언가가 혈관을 찢는 느낌이 들었다.

전신이 마비될 정도로 괴로웠으나 기혈을 강화하기 위해서는 이를 반복해야만 했다.

인간의 몸은 단순해서 강한 자극을 받을수록 이를 견딜 수 있도록 강해지는 법이니까.

그렇게 한 번 전신을 돌리고 나자 절로 비명이 나왔다.

"으아아아아!"

아파 죽겠다.

회귀 전 처음 강로를 했을 때보다도 더 아파 죽을 것만 같았다.

"아, 눈물 나와."

나는 저절로 나오는 눈물을 닦은 뒤 다시 가부좌를 틀었다.

"긍정적으로 생각하자. 아픈 만큼 강해지는 법. 나는 고통을 느끼지 못하는 사람이다. 으하하하!"

미친 척이라도 해야 이 짓을 계속할 수 있을 것만 같다.

◆ ◈ ◆

일주일.

아들이 이상해지고 있다.

상원은 일기를 쓰다 연무장을 바라봤다.

50근짜리 검을 낑낑거리며 휘두르는 서하와 그 옆에서 300근짜리 검을 붕붕 휘두르는 가주 이강진.

두 사람은 먹고 자는 시간을 빼고는 전부 수련에 쏟고 있었다.

그때 서하의 목소리가 들려왔다.

"으하하하하! 난 행복하다! 행복해!"

"하하하! 그래! 수련은 그렇게 즐겁게 하는 거다!"

미친 사람들이 열심히 검을 휘두르고 있었다.

"점점 미쳐 가는구나."

서하는 매일 녹초가 되어 집으로 들어왔고 약탕에서 근육을 푼 뒤 다시 다음 날 녹초가 되어 들어왔다.

아무리 고급 약제로 만든 약탕에서 회복한다 하더라도 매일 할 수 있는 수련이 아니었다.

도대체 무엇이 서하를 저렇게 만들었단 말인가?

평생 알 수 없는 질문이 될 것이다.

"좋아! 오늘은 여기까지. 안마를 받고 내공 수련을 시작하도록 해라."

"감사합니다."

서하는 바닥에 붙는 몸을 억지로 일으켜 다가왔고 상원은 아들에게 탕약을 건넸다.

"마시거라. 그래도 피로가 좀 풀릴 거다."

"감사합니다. 이러다 죽지는 않겠죠?"

"조금은 쉬지 그러느냐? 하루 정도는 쉬는 것도 괜찮다."

"아닙니다. 마지막 일주일만 쉬면 됩니다."

입학시험을 보기 일주일 전에 회복기를 가지는 것이었다.

약을 마시자마자 황 노인이 다가왔다.

"도련님. 안마받으러 가시죠."

"부탁합니다. 황 사부님."

상원은 황 노인에게 끌려들어 가는 아들을 보며 씁쓸하게 웃었다.

"내 어릴 적을 보는 거 같네."

상원은 어릴 적 수련하던 당시를 떠올리다 진저리를 치며 작업에 몰두했다.

드디어 입학시험까지 일주일.

경매의 날이 다가왔다.

거울 앞에 선 나는 완벽하게 잡힌 근육을 보며 감탄했다.

"이게 바로 실전 근육이라는 건가?"

처음에는 50근으로 시작한 중검(重劍) 휘두르기 수련은 이 제 100근으로 올라갔다.

이는 검을 다루는 데 필요한 모든 근육을 만들어 주었다.

거기에 절벽 오르기로 단련된 기본 체력은 두 달 전과는 비 교할 수 없었다.

"……힘들었다. 크흑."

회귀 전을 포함하더라도 이렇게 열심히 수련한 적은 없었 다.

원래는 이것의 반 정도만 할 생각이었는데 할아버지가 끼 어드는 바람에…….

아니, 그래서 더 좋다.

성무학관 입학시험은 아무리 준비해도 모자라니까.

근데 왜 눈물이 나올까?

"내공 쪽도 다 준비되었어. 좋아. 가 보자."

쉼 없이 강로(強路)를 수련한 끝에 이제 평범한 천재 수준 으로는 올라올 수 있었다.

왜 그렇게 수련하고도 평범한 천재냐고?

당연히 내 기본 재능이 최악 중의 최악이었기 때문이다.

이렇게라도 해야 성무학관에 입학하는 천재들과 어깨를 나란히 할 수 있다.

"서하야! 준비되었느냐?"

"네! 할아버지. 금방 나가요!"

그리고 드디어 오늘은 할아버지와 함께 경매장을 가는 날이었다.

밖으로 나가자 마차가 준비되어 있었다.

경매장은 도시에 있었다.

청신산가는 수도에서 마차로 약 두 시진 정도 떨어진 곳이었다.

마차로 가는 도중 할아버지가 말했다.

"지금까지 수련에 잘 따라와 주었다. 남은 1주는 회복하면서 기술적인 부분을 보완하자꾸나. 외공은 합격이란다."

"네, 할아버지."

"하지만 문제는 내공 쪽이란다. 혼자 열심히 하는 거 같긴 하지만 아직도 외공에 비해 내공이 부족한 듯싶구나."

천로도, 강로도 내공을 모으는 수련은 아니었다.

내공을 모으기 위해서는 3번째 단계인 충로(充路)를 수련해야만 했다.

길을 가득 채운다는 뜻이었다.

개발한 모든 혈맥을 열어 내공을 모으는 것.

그러나 강로를 수련하기도 빠듯한 시간이었기에 내공을 모을 시간이 없었다.

"마지막 날까지 보겠지만 내공이 올라오지 않으면 입학시험은 허락할 수 없다."

"네, 잘 알고 있습니다."

할아버지의 말대로 내공이 충분하지 않다면 성무학관에 입학하는 건 불가능하다.

외공만으로 내 세대 최고의 천재들과 경쟁할 수는 없는 법.

그래서 이번 경매장이 중요한 것이었다.

'다 방법을 생각해 뒀지.'

돈은 많다.

전생에는 사용하지 못했던 금수저를 이번에는 아낌없이 사용해 줄 생각이다.

수도의 경매장에는 좋은 물건들이 많아 항상 붐볐다.

물건을 싸게 사 비싸게 파는 상인들은 물론이고 힘 좀 쓴다는 가문의 사람들도 많았다.

하지만 단연 주인공은 우리 할아버지였다.

"저기, 저기 전 근위대장 아니야?"

"오늘 뭐 대단한 물건이라도 나오나? 야, 빨리 확인해 봐."

할아버지는 은퇴 후 경매장은 물론 그 어디에도 모습을 드러내지 않았기에 관계자들은 난리가 났다.

전 근위대장이 예고도 없이 나타났으니 당연한 일이었다.

"안녕하십니까! 근위대장님. 경매장 장주(場主) 최경준이라고 합니다. 미리 기별을 주셨다면 마중을 나갔을 텐데요."

"그럴 필요 없다. 손자 선물 하나 사 주러 온 거니 조용히 물건만 사고 가겠다."

"여부가 있겠습니까? 안으로 드시지요."

수도 경매장의 장주라면 꽤 알아주는 사람이겠지만 할아버지 앞에서는 허리를 못 펴고 있었다.

경매는 이미 시작된 지 오래였다.

하지만 내가 원하는 물건은 마지막에 나올 테니 여유롭게 기다리면 된다.

"그래, 원하는 물건이 여기서 무엇이냐? 여기 백년삼도 있구나."

할아버지는 경매 목록을 살피며 물었다.

아무래도 내가 내공 증가에 탁월한 영약을 사러 왔다고 생각하시는 것만 같았다.

사실 그게 맞다.

나는 내공을 올리는 데 효과가 뛰어난 영약을 사러 온 것이었다.

"백년삼은 아닙니다."

"그럼 무엇이냐? 딱히 그보다 비싼 영약은 보이지 않는 거 같은데."

"이겁니다."

나는 목록 마지막에 있는 한 물건을 짚었다.

그것은 바로 청자였다.

딱 보기에도 아름다운 선과 금방이라도 날아갈 듯 살아 있는 듯한 학이 그려져 있는 고급품.

누구라도 방에 장식하고 싶어질 만큼 우아한 물건이었다.

그러나 할아버지는 나를 이상한 놈 보듯 쳐다봤다.

"정말 이 청자가 가지고 싶다는 거냐?"

"네! 제가 청자에 관심이 많습니다."

"……그렇구나. 관심이 많았어. 청자에."

할아버지는 생각에 잠겼다.

원하는 걸 사 주겠다는 약속이었으니 긴 말씀을 하시지는 않으셨으나 못마땅해 보인다.

하지만 저 청자 안에 든 물건을 본다면 기뻐서 펄쩍펄쩍 뛰실 게 분명했다.

바로 일반인도 복용만 하면 불로장생할 수 있다는 최고의 영약.

만년하수오(萬年何首烏)가 들어 있었으니 말이다.

'회귀 전에는 한 상인이 사서 나쁜 놈들이 가져갔지.'

회귀 전 이 행운을 거머쥔 것은 한 상인이었다.

상인은 이 경매에서 저 청자를 산 뒤 나가던 중 실수로 떨어뜨렸다.

통곡하려는 순간 상인의 눈에 만년하수오가 들어왔고 범상치 않음을 눈치 챈 그는 이것을 왕실에 팔려고 했다.

하지만 하필이면 그 장면을 은월단(隱月團)이 보아 버렸고 상인은 얼마 지나지 않아 살해당했다.

물론 범인은 은월단이었다.

원래 만년하수오를 사 가려던 대상이 왕실이었기에 이 사건은 상세하게 기록되었고 덕분에 내가 여기서 낚아챌 수 있는 것이다.

'그 상인을 위해서라도 내가 사 가는 게 낫지.'

돈보다는 목숨이 소중한 법 아니겠는가.

그렇게 경매가 진행되며 마지막으로 청자가 등장했고 경매인이 큰 목소리로 외쳤다.

"이 청자로 말할 거 같으면 이름난 장인이 만든 것으로 극한의 미(美)를 추구했다고 할 수 있습니다. 시작 가격은 50전부터 시작하겠습니다."

극한의 미(美)라고 포장한 것치고는 싼 가격이었다.

그것도 그럴 것이 보통 청자 같은 경우는 이름난 장인이 만들어야만 가격이 올라갔다.

저 청자가 오래되긴 했으나 누가 만든 것인지도 알 수 없었으니 그 가치는 떨어질 수밖에.

당시 상인도 고작 100전에 사 갔었다.

만년하수오가 억만금을 줘도 얻을 수 없는 물건임을 생각한다면 엄청난 이득이었다.

"정말로 저 청자면 되겠냐?"

"네. 저것이면 됩니다."

"그래, 약속한 것이니 어쩔 수 없구나."

할아버지는 손을 들었다.

"네, 60전 나왔습니다!"

10전씩 가격이 늘어나고 있었고 원래 청자를 사 갔던 상인도 경매에 참여해 가격을 올렸다.

그러나 할아버지가 200전을 불러 버리자 상인은 바로 포기했고 그렇게 청자는 나의 손에 들어오는 것만 같았다.

기록대로라면 그랬어야 한다.

"300전."

할아버지는 300전을 부른 남자를 힐끗 보고는 손가락 4개를 들었다.

"네! 400전 나왔습니다. 더 없습니까?"

비단옷을 입은 남자 고개를 갸웃하며 외쳤다.

"백 냥."

남자는 단위를 올렸다.

10전이 1냥이었으니 백 냥은 1,000전과 같았다.

작은 기와집이 300냥 정도였으니 100냥은 어마어마한 돈이었다.

그보다 저 남자는 어디서 튀어나온 것일까?

화려한 비단옷을 보면 어느 정도 재산은 있는 것 같았으나 유명한 인물은 아니었다.

유명한 사람이었다면 내가 기억하고 있었을 테니 말이다.

그때 할아버지가 말했다.

"서하야. 생각보다 가격이 많이 올라가는구나."

이게 무슨 할아버지답지 않게 약한 소린가?

설마 가격이 비싸다고 안 사 주는 건 아니겠지?

그렇게 생각할 때였다.

"네가 안목이 좋은가 보구나. 다른 이들도 저렇게 바라는 걸 보니 내 꼭 너에게 청자를 안겨 주마."

"……감사합니다."

괜히 식겁했다.

할아버지는 걸어오는 싸움을 피하는 성격이 아니었다.

그건 경매장에서도 마찬가지였다.

이윽고 할아버지가 손가락 5개를 펴 보였고 경매원은 침을 삼켰다.

"오백 냥! 오백 냥입니다! 더 없습니까?"

"육백."

비단옷을 입은 남자가 외치자마자 할아버지는 다시 손을 들어 말했다.

"천 냥!"

잘한다! 우리 할아버지가 최고!

어차피 만년하수오는 1억 냥을 주고 살 수만 있어도 이득인 물건이었으니 얼마를 써도 상관없었다.

"이천 냥!"

비단옷을 입은 남자가 벌떡 일어나며 외쳤으나 할아버지가 말했다.

"오천 냥."

한 번에 너무 올린 거 아니야?

경매장에서도 성격이 나오는 할아버지였다.

장사꾼도 아니었고 원래 이런 밀고 당기기 같은 걸 못하시는 분이다.

오천 냥이라는 말을 듣자마자 주변에서 수군거리기 시작했다.

도대체 저 청자가 뭐라고 5천 냥이나 들어가는가?

5천 냥이라면 작은 마을 하나를 통째로 사고도 남을 정도의 돈이었다.

웬만한 상인들은 꿈도 못 꿔 볼 액수.

비단옷을 입은 남자는 머뭇거리다가 해탈한 듯 웃으며 주저앉았다.

이해는 간다.

여기까지 와 버리면 청신과 재산 싸움을 해야만 했다.

하지만 할아버지는 맘만 먹으면 국고를 열어 돈을 빌릴 수도 있었다.

왕과 40년 지기니까.

그런 할아버지가 절대로 물러서지 않겠다는 듯 노려보고 있었으니 오금이 저릴 수밖에.

"오천 냥! 더 없습니까? 셋! 둘! 하나! 낙찰되었습니다."

경매원은 기쁨을 담아 망치를 내려쳤고 할아버지는 작게 한숨을 내쉬었다.

결정되고 나니 이게 뭔 짓인가 싶으셨겠지.

"……마음에 드느냐?"

"할아버지 최고!"

나는 할아버지의 팔을 안았다.

정말로 우리 할아버지가 최고다.

가격이 가격인지라 청자는 바로 할아버지 앞으로 배달되었다.

괜히 포장하고 어쩌고 하는 사이에 무슨 일이라도 벌어지면 5천 냥이 날아가니까.

장주 최경준은 입꼬리가 찢어져라 기뻐하며 굽신거렸다.

"아이고, 감사합니다! 감사합니다! 정말 좋은 선택이십니다. 그런데 근위대장님이 청자를 모으시는 겁니까? 저기 안에 좋은 제품이 아주 많습니다만……."

"내 손자가 원하던 물건이오."

"아! 손자분이요? 오오, 그렇군요."

최경준은 나를 복덩이처럼 바라봤다.

"탁월한 안목이십니다. 공자. 하하하!"

누가 만들었는지도 확인할 수 없는 청자가 5천 냥이 되었
으니 기쁠 수밖에.

하지만 아쉽게도 여기서 그의 기쁨을 없애 버려야 할 것만
같다.

생각보다 청자가 비쌌으니 할아버지를 위해서라도 이제
내가 진짜로 원한 것이 무엇이었는지를 보여 줄 때였다.

"그럼 제가 안고 갈게요!"

나는 천진난만함을 연기하며 청자를 잡아 들었다.

물론 깨트리기 위함이었다.

나는 할아버지가 장주와 대화하는 순간을 노려 손을 놓았
다.

챙!

경매장 안은 청자가 깨지는 소리로 가득 찼고 장주와 할아
버지는 고개를 돌려 나를 쳐다보았다.

"아하하. 놓쳤다."

그러나 청자가 깨진 것에 놀라는 것도 잠시, 최경준과 할아
버지는 청자 속에서 나온 것에 시선을 고정했다.

나는 태연하게 청자 속에서 튀어나온 것을 집어 들었다.

"어? 이게 뭐지?"

최고의 영약.

만년하수오가 그 모습을 드러냈다.

나는 바로 할아버지에게 건넸다.

"할아버지. 내! 청자 안에서 뭔가 나왔는데 봐 주시겠어
요?"

내 것이라는 부분을 강조하며 건넨 만년하수오.

할아버지는 만년하수오를 살피더니 놀란 얼굴로 최경준
을 돌아봤다.

"이런 게 들어 있었어. 이런 게…… 장주! 이게 뭔지 아시
오?"

"그건……."

온갖 물건을 취급하는 경매장 장주가 만년하수오를 모를
리가 없었다.

"마, 마, 마, 마, 만년하수오?"

"정답이오. 하하하하! 이거 5천 냥을 더 줘도 아깝지 않을
거 같소."

"좋은 건가요? 제 식물이?"

"그럼! 최고지. 최고의 영약이고말고!"

5천 냥을 사용하고 허탈해하던 할아버지 얼굴에 미소가
돌아왔다.

그것도 그 어느 때보다 밝은 미소가.

"하늘이 너를 돕는구나! 서하야! 하하하!"

하늘이 돕기는.

내가 나를 도울 뿐이었다.

만년하수오(萬年何首烏).

복용하는 것만으로도 불로장생한다는 영약이었다.

솔직히 약간의 뻥이 섞여 있긴 하다.

어쨌든 만년이나 산 영물이었다.

이 세계에 한두 개 있을까 말까 한 귀한 영약.

할아버지는 귀중한 영약이라며 산가로 돌아갈 때까지 보관해 주겠다고 했다.

"네! 그럼 가자마자 주셔야 해요!"

"그럼 이 할아버지가 설마 손자 것을 탐하겠느냐? 하하하! 기분이 좋구나. 하늘이 너를 도왔어. 그 청자 안에 이런 보물이 있을 줄이야."

앞으로 몇 달은 기분 좋게 지내실 것만 같아 기분이 좋았다.

그렇게 마차 안에서 조금 진정되자 경매장에서 있었던 일이 떠올랐다.

'근데 그 비단옷은 누구지?'

회귀 전에는 존재하지 않던 인물이었다.

원래는 상인이 고작 100전에 청자를 산 뒤 왕궁에 팔려다

은월단에게 빼앗긴다.

하지만 비단옷을 입은 남자는 역사에 기록되어 있지 않았다.

'뭐가 바뀐 거지? 지금까지는 수련한 거밖에 없는데.'

그것만으로 이 경매장의 사건이 바뀔 리 없었다.

그렇다면 뭐가 바뀐 걸까?

'할아버지가 경매에 끼어든 것밖에는…….'

……그렇구나.

할아버지가 경매에 끼어들었구나.

바뀐 것은 바로 그것뿐이었고 그것만으로도 상황을 예측할 수 있었다.

'상인이 넘어질 때 본 것이 아니었어. 은월단은 원래부터 알고 있던 거다.'

아마도 원래 계획은 이렇지 않았을까?

상인이 싼 가격에 청자를 사가면 몰래 그것을 훔치는 것이다.

100전짜리 청자를 누가 훔쳐 간다고 관군이 움직일 리도 없으니 그 누구의 시선도 끌지 않고 만년하수오를 얻을 수 있다.

하지만 재수 없게도 상인이 바로 청자를 깨트리는 바람에 만년하수오가 밖으로 나왔다.

그래서 상인을 죽이고 이를 뺏을 수밖에 없었다.

회귀 전에도 이들의 계획은 꼬였던 것이다.

그런데 이번에는 이강진이 끼어들었다.

철혈 이강진.

이 나라에서는 대적할 사람이 없는 고수.

그런 고수에게 청자가 넘어간다면 훔치는 것도, 빼앗은 것도 힘들었다.

그래서 경매에 참여한 것이다.

어떻게든 사 가려고.

이강진이 단순히 청자를 원하는 것이라면 가격을 조금만 올려도 떨어져 나가리라 생각한 것이다.

하지만 이강진은 상식 밖의 금액을 불러 댔고 결국 청자를 가져갔다.

이렇게 생각하면 그 비단옷의 정체까지 알 수 있었다.

'그 사람도 은월단이구나.'

생김새를 떠올리자.

예쁘장한 얼굴. 위로 올라간 눈. 홍조가 있는 볼. 기생오라비처럼 생긴 놈이었다.

'좋아. 기억했어.'

나중에 다시 본다면 알아볼 수 있으리라.

'그럼 빨리 먹어 버려야지.'

어차피 집에 돌아가자마자 달여 먹을 생각이었다.

예상치 못한 일이 벌어졌으나 지금까지는 모든 것이 계획대로였고 문제는 없다.

고작 5천 냥을 썼다고 청신의 금고가 빌 리도 없으니 말이다.

'긍정적으로 생각하자. 긍정적으로.'

그렇게 생각하는 사이 저 멀리 청신산가가 보이기 시작했다.

나는 집에 도착하자마자 만년하수오를 복용하겠다고 말했다.

"지금 당장 복용하겠다는 거냐?"

"그렇습니다."

"기운을 흡수하지 못해 주화입마에 빠질 수도 있다."

"잘 알고 있습니다."

"이 할아버지는 그러지 않았으면 하는데. 나중에 수련한 뒤 복용하는 게 더 좋을 거 같구나."

"만년하수오는 제 것이 아닙니까? 선택은 제가 하겠습니다."

지금 당장 만년하수오를 복용하더라도 입학시험 전까지 전부 나의 것으로 만들 수 있을지 알 수 없었다.

그러니 한시라도 빨리 복용해야 했다.

운공은 자신 있었다.

이를 위해 열심히 강로(強路)를 수련하지 않았던가.

만년하수오의 기운이 아무리 거칠고 거대하더라도 나의

단전과 기혈은 이를 받아들일 준비가 되어 있었다.

"……마치 만년하수오가 있다는 걸 알고 있던 것처럼 말하는구나."

나는 빙긋 웃어 보일 뿐이었다.

말하지 않아도 아는 게 있다.

할아버지는 마지못해 고개를 끄덕이고는 아버지에게 말했다.

"상원아. 만년하수오를 다룰 수 있겠느냐?"

"이론은 완벽하게 알고 있습니다. 걱정하지 마세요, 아버지."

아버지는 나름 일류 약제사였다.

게다가 나를 위해 만드는 것이었으니 더욱더 신경을 써 줄 것이다.

걱정할 건 없었다.

그렇게 만년하수오를 뭉쳐 만든 환약이 도착했다.

청심환보다 2배 정도는 큰 환약.

나는 할아버지와 아버지가 바라보는 앞에서 그것을 씹어 삼켰다.

"후우."

잠시의 평온.

이제 몰아칠 것이다.

어떻게 아냐고?

회귀 전에도 만년하수오를 먹은 적이 있었다.

내가 발견한 비고 안에는 없는 게 없었으니까.

그때는 처음이라 주화입마에 빠질 뻔했으나 그때도 잘 넘겼다.

이번에도 잘 넘길 수 있을 거다.

아마도.

'긍정적으로!'

그렇게 생각하는 순간 만년하수오의 기운이 온몸으로 퍼지기 시작했다.

혈관에 가시 돋친 구슬이 굴러다니는 느낌이었다.

어마어마한 고통이 몰려왔으나 이는 강로를 할 때와도 같았다.

'버틴다.'

나는 눈을 감고 집중했다.

이 모든 기운을 단전, 그리고 온몸에 흡수하는 것이었다.

몇 시간, 아니 며칠이 걸릴지도 모른다.

그러나 해내야만 했다.

'실패하면 다음 기회는 없다.'

회귀한 이상 단 한 번의 실패도 용납되지 않는다.

그런 생각으로 이를 갈며 한평생을 살았다.

오직 실패만이 두려울 뿐.

그 어떤 것도 두렵지 않았다.

◆ ◆ ◆

이강진은 운기조식하는 손자를 바라봤다.

만년하수오는 쉽게 볼 수 있는 영약이 아니었다.

그렇기에 이강진은 절대로 눈을 떼지 않았다.

조금이라도 이상한 낌새가 보인다면 바로 도움을 줘야 하니까.

"현이 있는가?"

이강진이 말하자 밖에 있던 황 노인이 안으로 들어왔다.

"네, 형님."

"지금부터 너와 내가 번갈아 가며 서하를 지켜본다. 혹시나 이상한 낌새가 보이면 바로 도움을 줘야 한다. 알겠느냐?"

"알겠습니다."

상원은 긴장한 얼굴로 아들과 아버지를 돌아보았다.

"괜찮을까요, 아버지?"

"괜찮을 거다. 만약 이겨만 낼 수 있다면……."

서하는 10대 중 가장 큰 내공을 가지게 될 것이다.

그렇게 되면 성무학관 입학시험도 손쉽게 통과할 수 있을 것이다.

"지켜보자꾸나."

이강진은 미동도 없이 운기조식하는 손자를 걱정스럽게,

하지만 또 한편으로는 흡족하게 바라보았다.

얼마나 지났을까?

시간이라는 개념이 머릿속에 사라진 지 오래였다.

치열했던 만년하수오와의 기 싸움도 이제는 막바지에 다다르고 있었다.

원래라면 절대로 이길 수 없는 싸움이었다.

그렇기에 나는 패배하지 않는 쪽으로 접근했다.

만년하수오의 기운을 전부 내공으로 만드는 것이 아니라 체내에 자연스럽게 녹이는 쪽을 택한 것이다.

애초에 만년하수오는 일반인이 복용해도 불로장생할 수 있다는 영약이었다.

일종의 효능 좋은 건강식품이라는 소리다.

가능한 만큼 많은 양을 내공으로 만들고 나머지는 체질 개선에 힘을 쓰면 지금도 충분히 다스릴 수 있었다.

어차피 나는 저주받은 체질을 타고나 남들보다 수련의 효율이 나오지 않았으니 겸사겸사 그것도 해결하는 셈이다.

이윽고 만년하수오의 기운이 점점 사그라들고 편안해지기 시작했다.

이제 집중을 풀고 눈을 떠도 될 것만 같았다.

"후우."

깊은숨을 내쉬며 눈을 뜬 것은 새벽이었다.

앞에는 할아버지가 미소를 지은 채 앉아 있었고 내 옆쪽으로 아버지가 잠을 자고 있었다.

"다 되었습니다."

"훌륭하다!"

할아버지는 반색하며 나를 껴안았다.

하루가 지난 것일까?

만년하수오를 흡수한 것치고는 별로 시간이 지나지 않았다.

"벌써 동이 트네요. 하루씩이나 저를 지켜 주신 겁니까?"

"하루라니? 하하하! 고작 하루라고 생각하느냐?"

"……."

그럼 며칠이 지났단 얘기인가?

"자그마치 5일이나 싸워 이기다니. 역시 내 손자다! 보자. 내공이 얼마나 쌓였는지."

할아버지는 나의 몸을 더듬거리시더니 만족한 듯 고개를 끄덕였다.

"그래, 대부분 잘 흡수했구나. 내 조건을 훌륭하게 완수했구나. 성무학관 입학시험을 허락하마."

"감사합니다!"

할아버지는 자신이 강해진 것처럼 기뻐했고 뒤늦게 일어

난 아버지도 나를 안아 주었다.

그나저나 5일이라니.

그럼 입학시험이 바로 내일모레가 아닌가?

'시험 시작 전에 만년하수오를 소화한 것만으로도 만족해야지.'

내일모레라면 준비할 시간이 없는 것도 아니었다.

그렇게 현실적인 생각을 하는 사이 할아버지가 말했다.

"오늘은 크게 잔치를 열어야겠구나. 서하는 피곤할 텐데 몸조리 잘하고 상원이가 좀 돌봐 주거라."

"알겠습니다. 아버지."

할아버지가 호탕하게 웃으며 밖으로 나감과 동시에 긴장이 풀렸는지 몸이 뒤로 넘어갔다.

"서하야! 어디 몸이라도 안 좋은 거냐?"

"아뇨, 긴장이 풀려서 그렇습니다."

무려 5일 동안 정신을 혹사한 상태였다.

명상 상태에 들어갔기에 버틸 수 있었던 것이지 아니었다면 깨어 있는 것조차 힘들었을 것이었다.

이 정도 했으면 조금은 휴식을 취해도 된다.

그런데 이렇게 집중한 상태에서는 잠을 자기 힘든데.

회귀 전부터 괴롭힌 망할 불면증이…….

푹 자고 일어나니 저녁이었다.

아직 현역으로 일을 하는 큰아버지는 수도로 돌아간 지 오래였지만 청신학관의 교관으로 일하는 작은아버지는 준하와 함께 참여했다.

표정이 썩어 있는 걸 보니 내심 내가 실패하기를 바랐던 것만 같다.

옆에 이준하 녀석은 나와 눈도 마주치지 못했다.

오줌까지 지렸으니 절대 나에게 덤비는 일은 없을 거다.

할아버지는 신이 나서 오랜만에 술을 항아리째 마시고 있었다.

저 항아리가 한 말인데 말이다.

기쁜 날이라며 독주를 마시던 할아버지는 심하게 취하셔서 입을 열었다.

"내가 요즘 서하 덕분에 하루하루가 기쁘구나. 하하하! 상원이 녀석도 어렸을 적에는 저랬는데 말이다."

아버지는 씁쓸하게 웃으며 묵묵히 술잔을 기울일 뿐이었다.

아버지의 어릴 적에 대해서는 들은 것이 많지 않았다.

회귀 전의 내가 마음잡고 제대로 살기 시작했을 때 아버지는 이미 돌아가셨기 때문이다.

물론 할아버지와도 이렇게 대화한 적이 없었으니 지금부터 나오는 말은 전부 처음 듣는 말이었다.

"무과에 장원급제했을 때만 해도 네가 우리 가문의 미래일

141

줄 알았는데 말이다."

장원급제?

무과에서 1등을 했었단 말인가?

아버지는 놀란 나를 보며 웃어 보이고는 다시 술잔을 기울였다.

이 중요한 사실을 왜 말하지 않았을까?

"그런데 이상한 여자를 만나서 갑자기 약제사가 되겠다고 말이야. 서하야, 너는 재능을 썩히지 말아라. 네 아비처럼 탄탄대로를 걷어차고 다른 길을 가는 건 어리석은 짓이다."

대답할 수는 없었다.

아버지가 듣고 있으니까.

하지만 왜 할아버지와 아버지의 사이가 좋지 않은지는 정확하게 알 수 있었다.

짧은 기간이었으나 같이 수련하며 할아버지의 열정을 보았다.

아마도 아버지에게는 더했으면 더했지 덜하지 않았을 터.

그렇게 장원급제시킨 아들이 결혼하고 약제사가 되겠다고 하니 얼마나 실망했겠는가?

그 케케묵은 감정은 지금까지도 이어지고 있었다.

아버지는 씁쓸한 미소와 함께 술을 마시다 나를 돌아보며 말했다.

"왜 그러니?"

"아뇨, 그냥⋯⋯."

"괜찮단다. 나는 그때의 선택을 후회하지 않는단다. 할아버지는 생각이 좀 다른 거 같지만. 자기 인생 아니겠느냐?"

아버지는 술잔을 바라보며 자신에게 속삭이듯 말했다.

"너도 후회 없는 삶을 살 거라."

"네, 그래야죠."

아버지는 술잔을 넘기며 작게 숨을 내쉬었다.

왜 그의 눈에서 후회가 보이는 걸까?

◆ ◈ ◆

입학시험 날 아침이 밝았다.

몸 상태 완벽.

준비물 완벽.

할아버지가 함께 가겠다고 말했으나 나는 혼자서도 충분하다고 말했다.

성무학관 입학시험에서 괜히 주목받고 싶지 않았다.

청신이라는 이름만으로도 주목받을 텐데 거기에 할아버지까지 가면 모두가 나를 알아볼 것이다.

하지만 혼자 간다면 직접 정체를 밝히지 않는 한 그 누구도 나를 알아보지 못할 것이다.

보통 유망주들은 서로 교류하며 실력을 키웠으나 나는 그런 게 없었으니까.

'어렸을 적부터 시골에 있던 덕을 여기서 볼 줄이야.'

일단은 평범한 참가자를 연기하다가 합격 후에 정체를 밝히면 될 일이었다.

"정말 안 가도 되겠느냐?"

"네! 혼자서도 잘 찾아갈 수 있습니다. 그럼 합격해서 돌아오겠습니다."

"그래, 내가 가면 부담만 되겠지. 그럼 마지막 날에 갈 터이니 그렇게 알고 있거라."

"그럼 다녀오겠습니다."

나는 마차에 올라탔다.

시험은 총 3일 동안 치러진다.

첫날 접수 및 숙소 배정이 하루.

필기시험이 하루.

마지막으로 입학시험의 꽃인 실기 시험이 하루였다.

실기 시험의 경우 매년 시험 방식이 바뀌기 때문에 그 누구도 시험 방식을 알 수 없었다.

기록도 남아 있지 않기에 미래에서 온 나조차 시험 방식을 알 방법이 없었다.

"나만 잘하면 되겠지."

내가 지켜야 하는, 또 옳은 길로 이끌어야 하는 유망주들은 모두 시험을 통과할 것이었다.

30명 중에서도 상위권에 있던 아이들이니까.

그러니 나만 통과하면 된다.

"중간만 하자. 중간만. 눈에 띄면 훗날 은밀하게 움직이기도 힘드니까."

한 15등 정도?

누구도 무시할 수는 없지만 그렇다고 누구도 주목하지 않는 딱 중간.

그 정도만 하는 것이 지금의 목표였다.

성무학관은 수도의 모퉁이에 있었다.

특별지구로 설정된 이곳은 오직 학생들과 교관들, 그리고 허가받은 사람들만이 드나들 수 있었다.

부지는 높은 담장으로 둘러싸여 있었고 북쪽의 거대한 문으로만 드나들 수 있었다.

나는 성무학관(聖武學館)이라고 적힌 대문을 올려다보았다.

회귀 전에도 이 대문을 수십 번도 더 올려다보았다.

무과에 겨우 급제하고 매일같이 순찰을 하던 거리.

성무학관의 학생들은 아직 무사 지망생이었음에도 대부분 거대 가문의 자제였기에 나는 이들에게 고개를 숙여야 했다.

청신 가문인데도 그러냐고?

25살에 낙제만 겨우 면한 하급 무사는 누구라도 그래야만 했다.

"다녀 보고 싶었지. 정말로."

이제는 당당하게 성무학관 입학시험을 치를 수 있었다.

그렇게 감상에 젖어 있던 나는 정신을 차리고 접수처를 찾아갔다.

접수처 부근에는 사람들로 바글바글했다.

보통 성무학관에는 약 300명 정도의 유망주들이 도전한다.

빈 수레가 요란하다고 많은 입학 지망생들이 하인과 부모를 대동하고 위세를 떨고 있었다.

나름 각자의 지역, 각자의 가문에서는 백 년에 한 번 나올까 말까 한 천재 소리를 듣는 이들이었다.

하지만 1등만 모인 곳에도 꼴등이 있는 법.

진짜 천재들은 잘 보이지 않았다.

훗날 전쟁에서 활약하는 주연 중 많은 수가 성무학관 출신이었고 나는 이들을 잘 알고 있었다.

'시험 볼 때는 보이겠지.'

나는 그렇게 생각하며 접수처로 향했다.

그렇게 한참을 기다려 내 차례가 된 순간 누군가가 자연스럽게 치고 들어왔다.

"난 운성(运城) 한 씨, 한영수라고 하오."

영수라니.

이름 한번 정겹다.

하지만 녀석은 나름 긴 줄을 전부 무시하고 새치기를 한 셈이었다.

하지만 그 누구도 한영수에게 딴죽을 거는 사람이 없다.

운성(运城) 한 씨였으니까.

'꽤 큰 가문이었지.'

운성(运城) 한 씨는 개국공신 가문 중 하나였다.

할아버지의 힘으로 샛별처럼 떠오른 청신과 달리 유서 깊은 대가문.

하지만 회귀 전 왜 나라가 몰락했겠는가?

운성같이 정치에 큰 영향력을 행사하는 대가문들이 썩어 버렸기 때문이었다.

냉정히 말해 운성은 이제 병신 집단 그 이상도 이하도 아니었다.

전쟁이 일어나자마자 가문의 무사들을 이끌고 산속에 숨어 버렸던 것이 아직도 기억난다.

'그 망할 놈들. 무사 몇천이나 데리고 있으면서 바로 도망가서 숨어 버렸지.'

그 때문에 힘든 수성전이 더욱 힘들어졌고 결과는 패배.

수도의 시민들이 모두 몰살당했다.

그때를 생각하니 또 열 받는다.

한마디라도 해 주자.

"야, 줄 서 인마. 이 줄 안 보여?"

"뭐?"

한영수 녀석은 나를 노려본 뒤 뒤에 있는 또래 아이들에게 말했다.

"이건 뭐야?"

"글쎄요. 처음 보는 얼굴입니다만."

"그런 걸 물어보는 게 아니잖아. 치워! 쯧."

"그게……."

한영수의 부하들로 보이는 녀석들은 머리를 긁적였다.

접수처에 줄을 서 있다는 것은 입학시험 응시자라는 뜻이었고 이는 나름 이름 있는 가문 출신이라는 뜻이었다.

누군지도 모르고 막 대할 수는 없는 법이겠지.

그때 잘생긴 남자가 앞으로 걸어 나왔다.

약간의 곱슬머리. 눈은 동그란 것이 사슴과 같았다. 얼굴은 하얗고 미소가 아름다운 미소년.

난 이 남자를 알고 있었다.

"한상혁……."

운성 가문의 유일한 정상인.

아니, 영웅.

나찰과의 전쟁이 시작되고 도망친 운성 가문과 달리 한상혁은 앞장서서 싸우기 시작했다.

사생아임과 동시에 부모도 없는 그는 운성에서 찬밥 신세였고 전쟁 당시에는 시골에서 근근이 살아가고 있었다.

홀로 무예를 수련한 그는 전쟁이 나자 마을을 지켜 내고 의병들과 함께 앞장섰다.

누구도 그가 승리할 거라고 생각하지 않았다.

스승도 없는 삼류 무사.

그러나 한상혁은 그 강한 나찰을 상대로 연전연승하며 영웅이 되었다.

하지만 뿌리가 없는 나무는 언젠가 쓰러지기 마련.

결국, 한상혁은 나찰에 의해 최후를 맞이했었다.

나는 그 기록을 읽으며 생각했다.

만약, 혹시라도 만약 한상혁이 제대로 된 스승을 만나 기본부터 튼튼히 다졌다면 어떻게 되었을까?

인류 역사상 가장 강력한 무사는 할아버지가 아니라 그가 되지 않았을까?

그리고 나의 필수 계획 중 한상혁 키우기를 넣었다.

그 주인공을 벌써 만날 줄이야.

"뭐야? 우리 아는 사이인가?"

"얼핏 들은 거 같아서."

한상혁이 여기 있을 줄은 꿈에도 생각하지 못했다.

"하하, 얼핏 듣기도 힘든 이름인데…… 어쨌든."

한상혁은 나에게 다가와 어깨동무를 하며 속삭였다.

"내가 사과할게. 우리 도련님이 좀 또라이라. 똥이 무서워서 피하는 건 아니잖아? 더러워서 피하지. 한 번만 넓은 아량으로 물러서 주면 안 될까?"

"……그래. 그럴게."

"정말 고맙다. 근데 내가 이렇게 몸을 굽히며 부탁했다고 하면 저 또라이가 또 지랄할 거라 큰 소리 한 번만 낼게. 이해 좀 부탁해."

"알았어. 대신 접수 끝나고 뭐 좀 물어봐도 될까?"

우러러보았던 영웅의 부탁이다.

못 들어줄 리가 없다.

"물론이지. 근데 나한테 궁금한 게 있어?"

나는 고개를 끄덕이는 것으로 대답을 대신했다.

한상혁은 어깨를 으쓱하며 나와 멀어지고는 크게 말했다.

"들었으면 알겠지? 알았으면 빨리 물러서. 어디서 우리 운성의 미래인 한영수 도련님한테."

나는 한숨과 함께 뒤로 물러섰고 한영수 녀석은 조소를 띠우며 말했다.

"제 주제를 아는구나. 내 한 번 봐주지."

착각은 자유였다.

"나 운성 한 씨 한영수, 그 외 4명. 접수를 신청하오."

그 외 4명?

한상혁도 그 4명에 속해 있었다.

'저게 그 말로만 듣던 가마 태우기인가?'

가마 태우기.

한 명을 위해 4명이 돕는 것을 말하는 것이었다.

한 가문에서 총 5명까지 신청할 수 있다는 것을 이용한 것이었다.

일단 입학시키고 보자는 것.

'쯧쯧, 한심한 놈.'

한심한 짓거리였다.

이는 정당하게 경쟁하는 이들의 자리를 빼앗는 행위였으니까.

'그래도 졸업은 했었던 거 같은데.'

집안이 집안이었으니 영약 떡칠이라도 했나 보다.

한상혁은 멀어지면서 음식점 하나를 가리켰다.

약속대로 만날 장소를 지정한 것이었다.

나는 뒤를 이어 접수처로 다가갔다.

접수원은 씁쓸하게 웃으며 말했다.

"잘 참으셨어요. 대(大)가문 사람들이랑 싸워서 좋을 거 없죠."

나름 위로의 말을 건넨 것이다.

나는 고개를 끄덕이며 말했다.

"네. 그렇죠. 접수하겠습니다. 저는 청신의 이서하라고 합니다."

순간 접수원이 놀란 듯 눈을 크게 뜨며 말했다.

"청신이요?"

"네, 청신입니다. 여기 호패."

호패를 받아 든 접수원은 내 이름을 찾은 뒤 번호표를 건네며 말했다.

"왜 참으셨어요? 청신이면 저쪽도 꼼짝 못 했을 텐데."

운성이 아무리 역사 깊은 대가문이라도 황제가 가장 아끼는 친구인 전 근위대장, 이강진의 청신에게는 함부로 대할 수 없었다.

그래도 접수원의 질문에는 쉽게 답해 줄 수 있다.

"더러운 똥은 피해야죠. 잘못하면 묻어요."

운성은 설사 똥이었으니 말이다.

접수가 끝나고 나는 내 번호를 확인했다.

88번.

외우기 쉬운 번호를 받은 건 만족스럽다.

이제부터는 이름이나 출신이 아니라 번호로 불릴 것이었다. 그러는 편이 더 쉽게 외우고 또 선입견 없이 평가할 수 있으니 말이다.

나는 한상혁이 가리킨 음식점으로 향했다.

조금 기다리자 한상혁이 들어와 나를 발견하고는 걸어왔다.

"아까는 정말 고마웠어. 덕분에 살았다. 그 또라이는 기분 나쁜 일 있으면 우리한테 풀거든."

"그래? 잘됐네. 그래도 괜찮게 넘어갔다니."

"네 덕이지. 그런데 너는 이름이 뭐야? 내가 기억력이 안 좋아서 기억이 안 나네."

당연히 기억이 안 나지.

만난 적이 없으니까.

"나는 이서하야."

"이서하? 아, 기억 날 거 같아. 근데 어디 가문?"

"청신."

한상혁은 입을 벌린 채 나를 바라보다 입을 열었다.

"……야! 놀랐잖아. 농담은. 하긴 청신에서도 한 명 참가했다는 소문은 있었지. 그래서 진짜 어디 가문인데?"

"청신이라니까. 호패 보여 줘?"

"그럼 보여 줘 봐. 나 참, 진짜. 금방 들킬 거짓말을……."

한상혁은 호패와 나를 번갈아 보고는 침을 삼켰다.

"진짜네?"

청신(靑申).

이강진의 가문을 모르는 사람은 없다.

그렇게 한참 나와 호패를 번갈아 보던 한상혁은 헛기침하며 말했다.

"아까는 그냥 넘어가 줘서 정말 감사합니다, 도련님."

갑자기 존댓말을 쓰는 한상혁이었다.

"동갑인데 말 놓자. 친구잖아."

"청신 가문 도련님이랑 저랑 친구라니 그런 말도 안 되는……."

"난 친구 하고 싶은데."

진심이었다.

회귀 전, 그 어떤 상황에서도 한 사람이라도 더 지키기 위해 자신의 모든 것을 버린 남자였다.

그런 남자와 친구를 할 수 있다면 평생의 영광 아니겠는가?

사람의 성향은 결코 변하는 법이 없었으니 한상혁은 그 누구보다 신뢰할 수 있는 사람이었다.

한상혁은 내 눈치를 살살 보다가 활짝 웃으며 말했다.

"그럼 사양 안 할게. 이야, 내가 청신 도련님이랑 친구가 될 줄은 몰랐는데. 사람 일은 모르나 봐? 그런데 나한테 물어보고 싶은 게 뭐야?"

"이번 시험, 가마 태우기 하는 거지?"

"그런 셈이지. 우리 도련님이 성격은 저래도 실력은 그냥 저냥 괜찮은데 성무학관에 들어가기에는 좀 애매해. 우린 일종의 보험 같은 느낌이지."

"너는 합격할 마음 없고?"

"합격이야 하고 싶지. 허락을 안 해 줘서 그렇지."

한상혁은 씁쓸하게 말했다.

"필기시험부터 딱 100점만 넘기라는 지시야. 어쩔 수 없어. 한 명이라도 경쟁자를 줄여야 하니까."

보통 가마 태우기를 하는 쪽이 더 실력이 좋은 법이었다.

타는 쪽보다 태우는 쪽이 실력이 더 안 좋을 리는 없으니까.

그렇기에 이들은 필기를 일부러 망치기 마련이었다.

실기에서 가마 타는 쪽과 같이 좋은 점수를 받아도 탈락하도록.

하지만 그렇게 놔둘 수는 없지.

한상혁은 이번에야말로 진짜 영웅이 되어 줘야만 한다.

'안 그래도 한상혁은 내가 키워야 할 인물 중 하나였으니까.'

성무학관에 입학시키자.

필수 계획은 한상혁을 키우는 것.

성무학관은 최고의 무사 양성 학관이니 그보다 좋은 곳이 없지 않은가?

"그래서 말인데. 너 이번에 제대로 시험 보는 거 어때?"

"그랬다가는 파문이야. 파문. 솔직히 파문당해도 상관은 없지만 합격해도 금전적 지원을 못 받으면 답이 없잖아."

한상혁은 손가락을 비볐다.

"성무학관은 학비만 500냥이니까."

일반인은 평생을 벌어도 못 벌 돈.

가문에서 지원해 주지 않으면 어떻게 할 수 없는 돈이었다.

하지만 상관없다.

난 돈이 많으니까.

아니, 정확히 말해 청신은 돈이 많으니까.

"통과만 하면 내가 내 줄게. 평생 학비."

한상혁은 놀란 듯 입을 벌린 채 나를 바라봤고 나는 미소와 함께 말했다.

"나 청신이야. 믿어도 돼."

전생에 못 쓴 돈 이번에 다 쓸 생각이니까.

서하와 헤어진 상혁은 큰 보꾸러미를 들고 배정된 숙소로 가며 생각에 잠겼다.

청신 가문의 이서하.

이상한 놈이었다.

운성 가문과도 어깨를 나란히 할 만한 대가문의 자제가 얼굴 한 번 본 적 없는 자신에게 호의를 표한 것이었다.

친구가 되자는 말에는 좋은 게 좋은 거라고 응했지만 학비를 전부 대 주겠다니.

총 3년 과정인 성무학관의 학비는 1,500냥.

적은 금액은 아니었다.

작은 가문은 기껏 합격하고도 학비가 없어 여기저기 빌리러 다닐 정도니까.

"도대체 왜 나한테 그럴까?"

아무리 생각해도 알 수 없었다.

서하는 친근감을 표하고 있었으나 그래 봤자 만난 지 한 시진도 되지 않는 남남일 뿐이었다.

"설마 도련님을 떨어트리려고? 아, 아니지. 그럼 굳이 나한테 제대로 시험을 보라고 할 리가 없지."

고민이 깊어져 갔다.

필기시험 점수는 모두에게 공개되었다.

비록 번호로 공개되어 누가 몇 점인지 정확히는 알 수 없으나 한영수가 상혁의 번호를 알고 있는 것이 문제였다.

첫날 필기시험에서 점수가 높게 나온다면 그는 배신자로 찍혀 숙청당할 것이었다.

그 위험을 감수했는데 이서하가 모른 척한다면?

그때는 정말로 인생 막장이 되어 버린다.

하지만 무시하기에는 너무 좋은 제안이었다.

'내 마지막 기회일 수도 있는데.'

한상혁은 운성 가문의 셋째 아들이 밖에서 나은 자식이었다.

그 때문에 상혁은 기생이 낳은 사생아 취급을 받았다.

그래도 운성 가문의 피를 이은 만큼 지금보다는 괜찮은 삶을 살았었다.

하지만 비극은 갑자기 찾아왔다.

상혁이 5살이 되던 해 유일한 보호자였던 아버지가 죽었다.

차별을 막아 주던 아버지까지 없으니 사생아인 그는 하인들과 같은 취급을 받았다.

상혁은 항상 생각했다.

운성에서는 결코 밑바닥 인생을 벗어날 수 없을 것이라고.

"그래, 이건 기회야."

지금이 인생을 걸어 볼 때가 아닐까?

그렇게 생각할 때 뒤통수에 충격이 가해졌다.

"야 이 새끼야!"

한영수가 상혁의 머리를 때리고는 외쳤다.

"너 이 새끼 심부름 보냈더니 어디서 뭘 하다 온 거야?"

"여기 있습니다. 손님이 많아서 좀 늦었습니다."

사실은 대화하느라 늦은 것이었다.

"뭐 하나 제대로 하는 게 없어. 넌 오늘 밥 없다. 그렇게 알아. 쯧."

한영수는 사촌 사이인 상혁을 사생아라는 이유로 벌레 보듯이 봤고 비교적 신분이 미천한 제자들보다도 더 모질게 대했다.

상혁은 뒤통수를 쓰다듬으며 친구들과 사라지는 한영수를 바라봤다.

"……그래. 이렇게 살 수는 없지."

언젠가는 가문을 떠나 자유롭게 살 생각이었다.

원 없이 수련도 하고 잡곡밥에 물만 말아 먹더라도 눈치 보지 않고 살 수 있도록.

그게 조금 더 빨리 왔다고 생각하자.

"통과하자. 이번 시험."

그 청신 친구를 믿기로 한 상혁이었다.

Chapter 4.

"성무학관은 숙소도 좋네."

아무나 들어갈 수 없는 대문을 지나자 바로 숙소가 나타났다.

여기서 하루를 보낸 뒤 바로 다음 날 필기시험을 보는 것이었다.

나는 가지고 온 책을 펼쳤다.

필기시험은 기본적으로 전술, 전략, 응급처치는 물론이었고 독해력, 역사, 법, 윤리까지 다양한 분야에서 출제되었다.

난 조금도 공부를 안 한 상태로 왔다.

회귀하고 나서 몸을 만드는 것만으로도 시간이 촉박했으

163

니 말이다.

하지만 걱정은 없다.

회귀 전, 내 유일한 장점은 기억력이었다.

한 번 본 것은 웬만하면 잊지 않은 덕분에 완벽한 계획을 세울 수 있었던 것.

필기시험에서 좋은 점수를 받는 건 이미 결정된 사항이었다.

하지만 절대로 실패해서는 안 되기에 한 번 더 훑어볼 예정이었다.

"기억만 믿다가 실수하면 안 되니까."

이번 인생에서는 단 한 번의 실패도 용납되지 않는다.

뭐든 계획대로, 아니 계획보다 더 좋은 결과를 내야만 했다.

"지금까지는 잘했지. 그렇지, 존순?"

책상에 놓인 존순은 무표정하게 나를 바라볼 뿐이었다.

다음 날.

시험은 무사히 끝났다.

나는 만점을 받을 생각이었다.

실기 시험에서 1등을 할 자신이 없었기 때문이다.

할아버지의 살인적인 수련과 만년하수오의 힘으로 실력은 꽤 올라왔으나 실기 시험에서는 한 번의 실수가 치명적이었으니 방심할 수 없었다.

시험은 총 5시간에 걸쳐 진행되었다.

사시(오전 9시)부터 미시(오후 1시)까지 쉬지 않고 진행되었고 결과는 그날 유시(오후 5시)에 발표되었다.

각자 필기점수를 인지하고 실기에 들어가라는 의미였다.

내 번호를 찾는 건 어렵지 않았다.

게시판 맨 위.

[88번 – 500점.]

500점이 만점이었기에 내가 1등이었다.

그 바로 밑으로 179번이 498점으로 2등이었다.

'하나도 안 틀렸네.'

복습한 보람이 있었다.

하지만 여기서 만족할 수는 없었다.

'내가 88번이었으니까 내 바로 앞이었던 5명은 아마 83번부터 87번.'

순서대로 번호를 주었기에 자기 앞뒤 번호 정도는 누군지 알 수 있었다.

나는 83번부터 87번을 찾았다.

그리고 410점에서 83번을 찾을 수 있었다.

이건 한영수였다.

아마 패거리 중에서 제일 먼저 번호를 받았을 테니까.

생각보다 괜찮은 점수였다. 아니, 나름 어렸을 적부터 수업을 들었을 테니 당연한 일인가?

'한상혁은…….'

그가 내 제안을 받아들였다면 최대한 높은 점수를 받았을 것이다.

제대로 된 수업도 못 받았겠지만 내가 아는 한상혁이라면 혼자 공부라도 했을 테니 적어도 300점은 넘겼을 것이었다.

그것만 되어도 가능성이 있었다.

'84부터 87…….'

시선을 내리던 중 87번이 눈에 들어왔다.

87번 - 312점.

한상혁이 분명했고 나는 바로 고개를 돌려 그를 찾았다.

한영수가 상혁을 노려보고 있었고 상혁이는 그의 시선을 피하고 있었다.

'받아들였구나.'

이대로 놔두면 정말 큰일 날 것만 같았기에 내가 나서 줘야 했다.

한상혁에게 걸어가니 한영수의 욕설이 들려왔다.

"이 미친 새끼가. 너 딱 100점만 넘기랬지? 어? 지금 뭐 하자는 거냐? 네가 성무학관 입학이라도 하겠다는 거야?"

"……죄송합니다."

"죄송할 거 없고 짐 싸서 돌아가. 이 새끼가. 창녀 새끼면 창녀 새끼답게 행동해. 어?"

흥분한 한영수가 상혁의 가슴을 손가락을 찔렀다.

상혁이 꾹 참는 게 보였다.

가만히 보고 있을 수는 없다.

나는 한영수의 손목을 잡았다.

"그만해라."

"넌 뭐야?"

한영수는 그제야 나를 알아봤는지 말했다.

"뭐야? 접수처에서 있던 놈 아니야? 너 내가 누군지 알면서 이러는 거냐?"

"알지. 운성의 찌질이."

"운성의 찌질이?"

"그래, 너. 너 말고 찌질이가 또 있냐?"

한영수는 어이없다는 듯 웃으며 자기 부하들에게 말했다.

"야, 이 새끼 죽여."

"죽이라는 말 그렇게 쉽게 하는 거 아니야."

나는 주섬주섬 호패를 꺼내 그의 눈앞에 내밀었다.

이럴 때 쓰라고 있는 권력이다.

"나 청신이거든. 왜? 청신이랑 전면전이라도 하게? 너 따위 가?"

역사는 운성이 길어도 지금은 청신이 훨씬 강했다.

막말로 할아버지가 가서 칼춤 한 번 추면 운성은 멸문이니 까.

청신이라는 이름을 듣자마자 한영수는 인상을 찌푸렸다.

"네가 청신이라고?"

"응. 내가 청신이야. 지금까지는 몰랐으니까 그렇다고 치고. 이제 알았으니 지금부터 한 번만 더 날 무시하면 그때는 네가 죽는 거다. 알았냐?"

한영수는 뒤로 한 발짝 물러났다.

살짝 겁먹은 얼굴이 꽤 웃겼다.

나는 상혁과 어깨동무를 하며 말했다.

"그럼 내 친구는 내가 데리고 간다."

"네 친구라고? 저 사생아가?"

"그럼. 절친이지. 그렇지, 상혁아?"

"어? 어, 그렇지."

눈치가 빨라서 좋다.

"걔는 우리 가문 사람인데? 네가 뭔데 데리고 간다는 거야?"

"그거야 본인 마음이지. 넌 어떡할래?"

"아, 당연히 너랑 가야지."

"그럼 본인이 그렇게 하기로 했으니까 신경 꺼라. 그럼 내일 보자, 운성의 떨거지들."

"이 새끼가……."

자존심 상한 한영수가 뭐라고 떠들었지만 나는 듣지도 않고 걸어 나왔다.

상혁이는 어리둥절한 얼굴로 나와 한영수를 번갈아 보다 상황을 인지하고 말했다.

"진짜 건너 버렸네."

"뭐를?"

"되돌아갈 수 없는 강을."

상혁이는 입맛을 다시고는 말했다.

"정말 나 학비 주는 거지? 믿어도 되지?"

"믿어. 우리 할아버지가 내 줄 거야."

"이강진 무사님이?"

"응. 우리 할아버지 나한테는 껌뻑 죽거든."

"아, 괜히 믿은 거 아닌가 싶다."

상혁이 믿을 수 없다는 듯 고개를 흔들었지만 나는 자신만만했다.

내가 성무학관에만 입학한다면 1,500냥은 물론 1만 5천 냥이라도 줄 것이다.

"그럼. 날 얼마나 좋아하시는데?"

취한다.

이게 돈과 권력이라는 거구나!

"가자 절친. 오늘은 잘 먹고 잘 자고 내일 시험 준비해야 하니까."

"……그래. 절친."

나의 억지에 빠르게 적응하는 상혁이었다.

◆ ◈ ◆

"이런 씨발!"

서하가 사라지고 한영수는 애꿎은 부하들에게 화풀이했다.

"후우, 한상혁 이 새끼 키워 준 은혜도 모르고 가문을 등져?"

"어떻게 할까요, 도련님?"

"뭘 어떻게 해? 둘 다 조져야지."

한영수는 그냥 넘어갈 생각이 없었다.

상대가 청신이면 어떠랴?

뭐든 안 들키면 아무 문제도 없었다.

"누가 청신이랑 한상혁이를 혼내 줄래?"

한영수가 말하자마자 세 사람이 동시에 손을 들었다.

한영수의 부하들은 운성에서 수련 중인 무사들이었다.

평민 출신의 이들은 오직 실력만으로 한영수의 가마 태우기 역할을 맡았다.

평민이 출세하기 위해서는 좋은 뒷배가 있어야만 한다.

이들은 어떻게든 차기 가주가 될 한영수의 눈에 들기 위해 노력했고 이를 위해서는 뭐든 할 수 있었다.

"야, 두 명은 날 도와야지. 셋 다 가면 어떡하냐? 너, 김용호라고 했나?"

김용호는 바로 앞으로 걸어 나와 한쪽 무릎을 꿇었다.

"네, 김용호입니다."

"네가 가장 강했지? 한상혁보다 네가 더 강하냐?"

"당연히 제가 더 강하죠. 그런 자식 한 주먹이면 끝입니다."

"좋아. 그럼 네가 청신이랑 한상혁 책임지고 탈락시켜. 다리 하나만 부러트려 놓으면 탈락하겠지."

"명을 받들겠습니다."

김용호는 의기양양하게 일어나 웃었다.

운성의 차기 가주에게 잘 보일 기회.

무슨 일이 있어도 잡을 생각인 김용호였다.

◆ ◈ ◆

다음 날이 밝았다.

묘시에 일어난 나는 바닥에서 자는 상혁에게로 시선을 돌렸다.

침대를 내어 주겠다고 했으나 한사코 사양한 그였다.

'하긴 지금은 내가 신분이 위니까. 조심스럽겠지.'

이럴 때는 부담 갖지 않고 적당히 배려할 필요가 있었다.

나는 간단하게 아침밥을 먹은 뒤 내공 수련을 시작했다.

신로心을 대성하기 위해서는 하루도 빼놓지 않고 수련해야만 했다.

그렇게 진시가 반쯤 지났을 때 한상혁이 일어났다.

나는 농담 반 진담 반으로 말했다.

"이야, 여유롭네. 반 시진 이후에 시험 시작인데 지금 일어나서 되겠어?"

"아…… 미안. 이렇게 편하게 잔 건 처음이라."

내가 미안해지는 발언이었다.

바닥에서 이불 하나 덮고 자는 게 편하게 자는 거라니.

도대체 어떤 취급을 받은 거야?

"그, 그래? 아침밥 해 놨어. 먹어."

"아침밥? 진짜?"

상혁은 벌떡 일어나 주먹밥을 보고는 바로 입에 넣기 시작했다.

"천천히 먹어. 주먹밥이 도망칠까 봐 그래?"

"미안, 아침밥을 먹는 건 처음이라. 저기 있는 차도 좀 마셔도 될까?"

"……마셔. 다 마셔. 우유도 줄까?"

"오, 우유. 한 번 마셔 보고 싶었는데. 몸에 좋은 건 도련님…… 한영수 그 새끼가 다 먹어서."

"그래, 그래. 많이 먹어."

생각보다 불쌍한 친구였다.

◆ ◆ ◆

사시(오전 9시)가 되자 모두 연무장으로 모였다.

필기시험에서 100점을 넘기지 못한 이들은 탈락이었으나 그 수는 많지 않았다.

500점 만점에 100점도 못 받는 응시생이 있을 리 없으니 말이다.

총 317명.

모두 각자의 번호가 적힌 손수건과 배급품을 받았다.

배급품은 물과 지도, 나침반과 원하는 무기 하나였다.

나는 목검을 선택하고 88번 손수건을 주머니에 넣었다.

이를 본 상혁이 말했다.

"그러고 보니 너 필기 만점이었지? 역시 청신인가?"

"나보다 그 2등이 대단하지. 498점이었잖아. 179번."

엄밀히 말해 나는 사기 친 것이나 다름없었다.

180년을 공부한 나와 고작 14년을 공부한 아이들이 비교가 되겠는가?

게다가 시험 난이도는 꽤 어려웠다.

3등의 점수가 456점이라는 것이 이를 증명했다.

그런 시험에서 고작 하나 틀린 게 179번이라는 소리다.

'누구지?'

예상가는 사람은 있었으나 정확하게 짚을 수가 없었다.

'입학하면 알겠지.'

1등이었어야 하는 사람은 179번이다.

그걸 빼앗은 느낌이라 기분이 썩 좋지는 않았으나 어쩔 수 없다.

이번 생에는 실패하면 안 되니까.

그렇게 생각할 때 단상으로 한 남자가 올라왔다.

30대 중반의 나이.

난 저 남자를 알고 있다.

백의선인(白衣仙人) 강무성.

나는 무사들을 두 분류로 나누어 기록했다.

나찰과 싸운 진짜 무사들.

혼자 살겠다고 도망치거나 나찰 쪽에 합류했던 가짜들.

가짜들이야 죽든 말든 아무런 상관이 없었다.

내가 지키고 키워야 하는 건 진짜 무사들.

강무성은 진짜 무사 중 하나였다.

'괜찮은 사람이 감독관으로 배정됐네.'

전쟁터에서 본 강무성은 항상 열정적이었다.

누구보다 앞에서 싸우고 누구보다 늦게 후퇴했다.

그런 열정을 가진 사람이었으니 이번 시험도 분명 열심히 감독할 것이다.

하지만 내 생각과 달리 강무성은 한숨과 함께 말을 시작했다.

"백의선인 강무성이라고 한다. 귀찮게 이번 시험 감독관을 맡았다. 사고를 좀 쳐서 말이야. 그래서 말인데. 문제 일으키지 마라. 바로 탈락시켜 버릴 거니까. 알겠냐?"

…….

방금 한 말 취소다.

"원래 저런 성격이었나?"

"응? 저 선인님 알아?"

"아, 아니. 그냥 생긴 건 멀쩡하잖아."

그렇게 얼버무릴 때 강무성이 단상에서 내려오며 말했다.

"자, 그럼 시험 시작하겠다. 모두 나를 따라와라."

강무성은 다짜고짜 달리기 시작했고 모두가 영문도 모른 채 달리기 시작했다.

그리고 그렇게 한 시진이 지났다.

한 시진 동안 빠른 속도로 경공을 펼쳐야 했고 이는 이제 막 15살이 된 아이들에게 쉬운 일이 아니었다.

숨이 거칠어지기 시작한 한상혁이 말했다.

"후우, 어디까지 가는 거야? 힘드네."

강무성은 수도 뒤편의 산을 올랐다.

남악산(南岳山).

남쪽의 큰 산이라는 이름에 걸맞게 어마어마한 크기를 자랑하는 산이었다.

마수의 수를 조절하고 있는 곳이었기에 피난, 교육용으로도 자주 쓰이는 장소였다.

그건 그렇고 오르막길이라 더 죽을 판이다.

슬슬 몇몇은 뒤처지기 시작했고 불만이 나오기 시작했다.

"조금만 기다려 주시죠! 뒤에 따라오지 못하는 사람들이 있습니다."

친구가 뒤로 처지자 한 응시생이 말했다.

강무성은 그를 퉁명스럽게 쳐다보고는 말했다.

"이미 시험은 시작되었다고 말했을 텐데? 귓구멍이 막혔나?"

"아…… 죄송합니다."

똑똑한 애들답게 그의 말을 바로 이해했다.

강무성의 뒤를 따라가는 것도 시험이었다.

경공이란 외공과 내공이 조화를 이루어야만 제대로 사용할 수 있는 것이었다.

외공만으로는 체력의 한계가 있고 내공만으로는 순발력, 반사 신경 같은 것이 따라 주지 않아 다치기 십상이었다.

'이 정도면 거의 하급 무사급인데?'

강무성은 무과에 합격한 하급 무사들도 힘들어할 정도의 속도로 달리고 있었다.

그러니 어중간한 천재들은 뒤로 떨어질 수밖에 없었다.

그렇게 반 시진을 더 달리자 동굴이 나왔다.

강무성은 동굴 안으로 들어갔다.

산길보다도 더 험한 길에 순발력이 없는 아이들은 넘어져 탈락했고 동굴 속에는 오열 소리가 들리기 시작했다.

그렇게 동굴 안쪽으로 들어가자 남은 인원은 150명도 되지 않았다.

절반 이상이 떨어진 것이다.

"후우, 지치네."

나는 물을 벌컥벌컥 마신 뒤 옆에서 뻗어 있는 상혁에게 건넸다.

"이거 막 마셔도 되는 거야? 아직 본격적인 시험은 시작도 안 한 거 같은데."

"마셔도 돼. 일단 마시고 생각하자고."

물은 고작 한 홉(180mL) 정도였다.

한 번 마시면 끝나는 양.

한마디로 첫 한 번을 제외하고는 알아서 자급자족하라는 뜻이었다.

하지만 어차피 하루 만에 끝나는 시험이었으니 안 마셔도 상관은 없다.

그리고 난 이 동굴을 알고 있었다.

'오랜만이네.'

수도가 공격당하기 시작했을 때 민간인들과 전력에 도움이 안 되는 하급 무사들은 이 남악으로 도망쳤다.

산이 깊고 험해 숨기에 가장 적합한 장소였기 때문이었다.

나 또한 전투에 도움이 안 된다는 이유로 피난민들의 보호를 맡았다.

그때, 이 동굴에서 생활했었다.

강무성은 일각(15분) 정도 쉴 시간을 준 뒤 말했다.

"자, 이제 본격적인 시험을 시작하겠다. 지금 이 시점에 도착하지 못한 놈들은 탈락이다."

그의 말이 떨어지기가 무섭게 동굴로 들어오는 길이 무사들로 인해 막혔다.

"그럼 시험에 관해 설명하겠다. 간단하다. 나를 포함한 뒤에 있는 감독관들이 한 식경(30분) 뒤에 너희를 쫓을 거다. 너희는 감독관에게서 도망쳐 일몰까지 출발한 연무장에 돌아가면 된다."

그래서 지도와 나침반을 준 거구나.

단순해 보이지만 모든 것을 시험하는 방법이었다.

길 찾기는 무사의 필수 덕목이었다.

마수들을 상대하기 위해 원정을 떠나는 무사의 특성상 길치들은 짐이 될 뿐.

모두가 만약의 경우를 대비해 지도를 볼 줄 알아야 했다.

거기에 흔적을 지우는 기술까지.

하지만 이 모든 것들이 15살에게 요구하기에는 수준 높은 것들이었다.

'무과가 이런 식이지.'

하급, 정식 무사에게 필요한 모든 것을 시험 보는 것이 무과였다.

성무학관 시험은 이와 닮아 있었다.

다른 점이라면 무과는 18살을 대상으로 했고 성무학관은 15살을 대상으로 했다는 것이다.

'생각보다도 수준이 높네.'

그렇게 생각할 때 누군가 손을 들어 물었다.

"만약 잡히면 탈락입니까?"

"맞다. 잡히면 탈락이다. 하지만 걱정하지 마라. 너희들이 흔적을 완벽하게 지우길 바라는 것이 아니다. 기본을 하길 바라는 것이다. 기본만 했다면 흔적이 있어도 추격하지 않을 것이니 걱정할 필요는 없다."

아무리 뛰어나다고 한들 15살짜리 어린아이들이 흔적을 완벽하게 지울 수는 없었다.

적당히 지운 흔적은 추격하지 않고 완전 낙제점들만 추격해 잡겠다는 소리였다.

"그리고 너희들끼리 싸우는 것도 금지되어 있다. 만약 다른 응시생을 공격했다 걸리면 바로 탈락이다."

상대평가였기에 경쟁자인 다른 응시생들을 공격하는 일이 빈번했다.

하지만 이는 들키지만 않으면 될 일이었다.

그렇기에 이를 악용하는 녀석들이 항상 있었고 몇몇은 들키거나 역으로 당해 망신을 당하기도 했다.

이번에도 그런 놈이 있긴 있을 것이다.

"출구에는 번호를 붙여 놓았다. 너희들은 아무 곳이나 원하는 출구로 나가면 된다. 그럼 시작."

이 동굴이 피난처로 사용되는 가장 큰 이유.

그건 출구가 여러 개였기 때문이었다.

그리고 나는 모든 출구의 위치를 알고 있었다.

아니, 정확히 말하면 남악의 모든 것을 알고 있었다. 여기서 나찰에 대항해 항전한 것이 몇 년인데 그걸 잊겠는가?

강무성이 뒤로 물러나자 학생들은 각자 출구를 선택해 나갔다.

난 설명을 듣자마자 나갈 출구를 선택해 놨었다.

"우리는 저기로 가자."

"저기로? 저기로 나가는 거 맞아?"

"맞아. 나만 믿고 가면 된다니까 그러네."

아무도 선택하지 않은 가장 작은 출구.

성인 남성 한 명이 겨우 나갈 수 있는 출구는 아직 발견되지도 않은 듯 번호조차 붙어 있지 않았다.

내가 이 출구를 선택한 이유는 연무장과 가장 가깝다거나 길이 가장 쉽다거나 하는 것이 아니었다.

그저 다른 이들에게 눈에 띄기 싫었을 뿐.

사람이 많은 곳으로 가면 지도도 안 보고 혹혹 나아갈 수 없었으며 누가 따라붙기라도 한다면 순위를 조작할 수 없었다.

나는 어디까지나 15등 정도를 바라고 있으니까.

'대충 조금 헤매다가 중간쯤에 들어가면 되겠지.'

대충 해가 지기 한 시진 전에 들어가면 만점짜리 필기시험과 합쳐져 15등 언저리에는 들어갈 것이다.

한상혁은 군말 없이 내 뒤를 따라왔다.

그런데 뭔가 또 다른 인기척이 느껴졌다.

좁은 동굴 길을 지나오던 중 나는 뒤를 돌아봤다.

"왜 그래?"

"……아무것도 아니야. 쥐새끼가 따라오네."

따라오는 놈이 있다.

86번.

한영수의 패거리 중 한 놈이었다.

그의 목적도 예상 가능했다.

이 좁은 길을 아무 이유도 없이 따라오는 변태 같은 놈은 없을 테니까.

하지만 이 길을 따라오는 것부터가 실수다.

"불쌍한 놈."

녀석의 미래가 생생히 보였다.

그렇게 한참 좁은 길을 굽이굽이 지나가자 출구가 나왔다.

사람의 발길이 거의 닿지 않은 곳.

역시나 아직 발견되지 않은 출구임이 확실했다.

하긴, 내가 이 출구를 처음 사용했을 때가 지금으로부터 15년 뒤니까.

그사이에 개발되는 출구겠지.

"후우, 이제야 허리를 펴네."

"생각보다 좁았어. 왜 여기로 온 거야? 이거 흔적 지우기 도 쉽지 않겠는걸?"

"생각해 봐. 우리한테도 좁은 길을 그 큰 감독관들이 따라 오겠어?"

"오, 일리 있네. 귀찮아 보였고."

"바로 그거지. 그건 그렇고. 그럼 일단 쥐새끼부터 처리하자."

"쥐새끼?"

나는 좁은 출구의 앞에서 쥐새끼가 나오기를 기다렸다.

이윽고 출구에서 한 남자가 얼굴을 내밀었고 나는 그에게 미소를 보여 주며 말했다.

"안녕? 한영수 따까리."

"……"

녀석의 표정이 보기 좋게 변하고 있었다.

◆ ◈ ◆

김용호는 오직 청신, 88번만을 노려보고 있었다.

어차피 성무학관에는 입학할 수 없는 그였다.

도련님을 결승점까지 보낸 뒤 알아서 탈락해야 하는 운명.

그 버러지 같은 운명 속에서도 최고의 선택을 한 자만이 작은 가문이라도 만들 수 있는 것이었다.

'저놈만 제거하면 내 인생도 날아오르는 거지.'

그러기 위해서라면 무슨 짓이든 할 수 있는 김용호였다.

'악감정은 없지만 내 출셋길의 제물이 되어라.'

이윽고 시험이 시작되고 목표가 움직이기 시작했다.

대부분은 딱 봐도 편해 보이는 큰 출구로 나갔지만, 이 변태 같은 청신 놈은 가장 좁은 구멍으로 몸을 비벼 넣고 있었다.

'왜 저래?'

이해가 되지 않는 행동.

어차피 출구는 대부분 거기서 거기일 텐데 말이다.

어쨌든, 녀석을 따라가야만 했다.

김용호는 조금 기다렸다가 작은 구멍으로 몸을 밀어 넣었다.

'이 변태 새끼. 도대체 멀쩡한 길 놔두고 왜 여기로 가는 거야?'

생각보다도 좁은 길에 빛이 보이기 시작했다.

그렇게 김용호가 머리를 넣는 순간이었다.

"안녕? 한영수 따까리?"

88번이 좁은 입구 앞에서 기다리고 있던 것이다.

김용호는 당황한 얼굴로 서하를 올려다보며 말했다.

"어……."

이 새끼 왜 안 가고 여기 있어?

◆ ◈ ◆

당황하는 얼굴 좀 봐라.

86번 녀석은 침을 삼키며 눈알을 굴렸다.

어떻게든 빠져나갈 방법을 찾는 것이다.

막말로 여기서 내가 목검을 내려치면 녀석은 막을 수도 없이 머리가 깨질 테니까.

"너 왜 따라오냐?"

"따라오다니. 무슨. 난 여기로 가고 싶더라고. 우연이네. 우연."

우연 같은 소리 하고 있네.

"우연은 무슨 우연? 너 한영수 따까리잖아. 솔직하게 말해 봐. 나랑 상혁이 기습하려고 따라온 거지?"

"아니야. 그러면 나도 탈락인데 그럴 리가 있나?"

"아니긴……."

나는 녀석의 뺨을 쳤다.

녀석이 허우적거리며 막으려 했으나 몸이 반쯤 낀 채로는 무리였다.

그렇게 한 대.

짝!

"뭐가!"

짝!

"아니야?"

짝!

그렇게 총 3대를 맞은 녀석은 분노에 찬 얼굴로 외쳤다.

"아니라고 씨발! 너 나 공격했다? 어? 너 탈락이야? 내가 다 말할 거야. 각오해!"

"증거가 없는데 말해서 뭐 하나? 그보다 너 우리 기습하려고 온 거 맞지?"

"그래 맞다! 내가 여기서 빠져만 나가면 너희 둘 한 주먹 거리도 안 돼. 알아?"

순순히 불어 주는 녀석이었다.

역시 이성보다 감정이 앞서는 15살답다.

"그래? 그럼 나와 봐."

"……뭐?"

"나와 보라고. 나중에 가서 내가 이길 수 있었다느니 그런 소리 듣기 싫거든."

"진심이냐?"

"진심이야."

녀석은 믿을 수 없다는 듯 나를 바라보다 고개를 끄덕였다.

"좋아. 그래, 아주 고맙네. 내가 금방 나가서 아작을 내 줄게."

제 딴에는 도발이 통했다고 생각할 것이다.

하지만 나는 여기서 녀석의 다리 하나 정도는 부러트려 놓고 갈 생각이었다.

괜히 후환을 남겨 둘 필요는 없지 않은가?

다리 하나 정도 부러트리면 감독관들이 알아서 잘 챙겨 와 줄 것이다.

"서하야. 괜찮겠어?"

"왜? 저 녀석 강해?"

"약하진 않지. 나랑 승률이 반반 정도 되니까."

"그래? 이름이 뭔데?"

"김용호."

"아, 김용호."

나는 고개를 끄덕였다.

들어 본 적이 있는 이름이다.

전쟁 중 선인이 부족해지자 나름 인원수를 맞추기 위해 선인이 된 놈이었다.

즉, 원래 실력이라면 상급 무사 중에 뛰어난 정도라는 뜻이다.

전쟁 특수를 생각하더라도 나름 괜찮은 재능을 가지고 있던 셈.

그리고 무엇보다 김용호는 진짜 무사였다.

죽을 때까지 나찰과 싸우다 죽은 인물이라는 뜻.

근본부터 나쁜 놈은 아닌데 어릴 적에는 따까리짓을 하고 있었구나.

"뭐, 어쨌든 15살 중에서는 강하다는 거네? 그럼 좋은 연습 상대가 되겠네."

이준하는 평범한 무사 그 이상도 이하도 아니다.

물론 시골 학관의 아이들과 비교하면 이준하의 실력은 괜찮은 수준이었지만 동시대의 최고의 재능들과는 차원이 달랐다.

어쨌든 김용호는 지금 동시대 최고의 재능 중 하나로 평가받는 인물이었다.

그러니 운성이라는 대가문의 도련님을 가마 태울 수 있는 거겠지.

그렇게 생각하는 사이 녀석은 전부 빠져나와 말했다.

"도련님이 뼈 하나 정도 부러트리라고 했거든? 근데 생각이 바뀌었어. 넌 오늘 죽는다, 이 새끼야."

"아이고~ 무서워라. 상혁아, 나 오줌 싸겠다. 벌써 지렸나?"

"……이 새끼가."

역시 이런 저질 도발에는 내성이 없나 보다.

상혁이도 믿기 힘든 표정으로 나를 바라봤다.

하긴, 15살보다는 아저씨가 하는 도발 같았지.

"죽어!"

화가 머리끝까지 오른 김용호가 목검을 내려쳤다.

자세는 좋다.

속도도 이준하에 비하면 매우 빨랐고 또 내공도 실려 있었다.

'확실히 강하긴 하네.'

이준하와는 차원이 다른 재능.

그러나 할아버지와 매일 대련을 했던 나에게는 위협적이지 않았다.

준하 때처럼 여유 부리며 이기기는 힘들었으나 그래도 집중만 한다면 절대 질 리가 없다.

실전 경험은 내가 압도적으로 많으니까.

나는 녀석의 검을 피한 뒤 복부에 목검을 찔러 넣었다.

"커흑."

김용호는 고통스러워하며 뒤로 물러났다.

하지만 나는 사정 봐주지 않고 녀석의 어깨를 내려쳤다.

"윽!"

실전에서는 한 번 정타를 맞으면 그걸로 끝이다.

녀석은 검을 놓쳤고 나는 바로 녀석의 옆구리를 후려쳤다.

김용호는 반사적으로 팔을 들었으나 부러지는 부위가 달라질 뿐이었다.

뻑! 하는 소리와 함께 녀석의 팔이 시원하게 부러졌다.

"으아아아악!"

왼팔을 부여잡고 뒤로 물러나는 김용호.

나는 고통스러워하는 녀석의 얼굴을 한 번 후려친 뒤 그에게 다가갔다.

김용호는 피를 뱉으며 나를 올려다보았다.

"이, 이, 끄으윽……!"

하고 싶은 말이 많아 보였으나 끝내 말로 하지 못하는 김용호였다.

원래 패자는 말이 없는 법.

"뭐야? 별거 없잖아. 나오면 날 이길 수 있을 거처럼 말하더니."

"내, 내가 방심만 안 했으면."

"그래, 그래. 다시 하면 이길 수 있을 거 같지? 그런데 어떡하나? 실전에 다음은 없어."

나는 녀석의 무릎을 살짝 본 뒤 말했다.

"여기 무릎. 이거 부수면 너 평생 불구 된다. 관절은 완전히 부서지면 낫지를 않아. 평생 농사나 짓고 살아야 한다는 거지."

"……"

김용호의 얼굴이 하얗게 질렸다.

"미, 미안. 난 그냥 시키는 대로 했을 뿐이야. 한 번만, 한 번만 봐줘. 은혜는 꼭 갚을게."

"아까는 날 죽인다고 하지 않았었나? 내가 잘못 들은 건가? 이거 참 건망증이 심해서 기억이 날 거 같기도 하고 아닌 거 같기도 하고."

"자, 잘못 들은 거야. 그냥 시험에만 탈락시키려고 했어."

"또, 또. 거짓말하지 마. 무릎 부숴 버린다?"

내가 목검을 위로 들어 올리자 김용호가 경기를 일으키며 말했다.

"미안! 미안! 제발. 무사만 할 수 있게 해 줘."

나는 빙긋 웃었다.

처음부터 녀석의 관절을 부술 생각은 없었다.

진짜 무사는 하나라도 많을수록 좋았다.

지금의 김용호가 어찌 됐든 전쟁이 일어나면 그는 최전방에서 고군분투하며 싸울 것이다.

지금 이렇게 철이 없다고 하더라도 뼛속까지 나쁜 놈은 아니라는 소리.

"한 번 봐줬다. 그리고 너. 이거 실패했으니까 한영수는 널 버릴 거다. 알고 있지?"

"……"

김용호는 고개를 숙였다.

평생 한영수에게 잘 보이기 위해 온갖 아양을 떨던 그였다.

그 모든 것이 물거품이 되는 순간이었으니 허무할 수밖에.

"그래서 말인데 혹시나 무사 수련을 하고 싶으면 청신으로 가 봐. 내가 추천장 써 줄게. 이번 연도는 무과반이 아니라 일반 수련반에 들어가야겠지만, 네 실력이면 내년에 무과반에 들어갈 수 있을 거야."

"뭐? 지금 뭐라고……."

"왜? 싫어?"

"아니! 좋아. 너무 좋아!"

김용호 녀석은 바로 나의 바짓가랑이를 잡고 늘어졌다.

몰락해 가는 운성보다 떠오르는 청신이 그에게도 더 매력적인 가문일 테니 이 정도 반응은 예상했다.

"그럼 나 따라오지 말고 감독관 올 때까지 가만히 기다리고 있어. 추천장은 시험 끝나고 써 줄 테니까."

"고마워. 정말. 아니, 고맙습니다. 도련님, 정말 고맙습니다."

"감사는 추천장 받고 해라. 그리고 동갑이니까 말 놓고."

"네! 도련님."

"말 놓으라니까."

"이 은혜는 꼭 갚겠습니다!"

아무래도 말 놓을 기미가 보이지 않았다.

"그럼 덧나지 않게 푹 쉬어라."

"살펴 가십시오."

김용호는 몸을 일으킨 뒤 90도로 인사했다.

그 모든 것을 보고 있던 한상혁이 놀란 얼굴로 말했다.

"용서해 주는 거야?"

"쟤도 하고 싶어서 했겠냐? 이거 아니면 방법이 없으니까 그랬겠지. 권력에 복종하는 게 나쁜 건 아니야. 누구나 그러던걸?"

권력, 재력.

이 두 가지에 굴복하지 않는 인간은 만에 하나, 아니 백만에 하나쯤 될 것이다.

그것을 이겨 내는 사람이 이상한 것이다.

게다가 아직 올곧은 신념이 만들어지기 전인 15살이라면 권력이라는 유혹에 쉽게 흔들릴 것이었다.

"김용호 저 자식이 근본부터 나쁜 놈은 아니야. 상황이 나쁘게 만든 거지."

"뭔 차이야?"

"차이가 크지. 근본부터 나쁜 놈들은 결정적인 순간에 뒤통수를 치거든. 근데 근본이 괜찮은 놈들은 인간답게 대우만 해 주면 쉽게 배신 안 해. 큰 차이지. 아주 큰 차이."

누구도 평상시에 민얼굴을 보여 주지 않는 법이다.

결정적인 순간에, 꼭 드러내야 할 때 한 번 보여 줄 뿐. 그러니 결정적인 순간이 오기 전에 상대를 잘 보고 파악할 필요가 있다.

그런 의미로 회귀가 큰 도움이 되긴 한다.

이 세상 사람들이 결정적인 순간에 어떤 선택을 했는지 전부 알 수 있었으니까.

"가자. 에이, 시간도 많이 뺏겼네."

어차피 중간쯤에 들어갈 생각이었으니 크게 상관은 없으나 감독관들에게 잡혔다가는 바로 탈락이었다.

누가 따라올 리는 없었으나 혹시 모르니 서둘러 가자.

흔적도 잘 지우고.

나는 그렇게 수풀을 헤치며 앞으로 나아갔다.

하루 전.

강무성은 머리를 긁적였다.

그의 앞에는 홍의선인이 앉아 있었다.

백의선인은 수련 기간을 끝내고 실력을 인정받으면 세 가지 색의 의복 중 하나를 입었다.

흑의, 홍의, 청의.

이들의 역할은 한 단어로 결정짓기 복잡하지만, 쉽게 설명해 흑의는 정보부, 홍의는 원정대, 청의는 수비대라고 볼 수 있었다.

이번 시험의 총감독을 맡은 홍의선인(紅衣仙人) 홍성택은 강무성에게 말했다.

"네가 이번 실기 시험 감독관이다. 필요한 상급 무사들을 데리고 시험을 맡도록. 시험 내용은 여기 적혀 있다."

강무성은 떨떠름하게 받아 들었다.

"전 이번 무왕산 원정이 꼭 가고 싶은데요. 고작 애들을 볼 인재가 아니란 말입니다. 저는."

강무성은 홍의선인을 지망하고 있었다.

홍의선인이 되기 위해서는 끊임없이 원정을 떠나 공을 세워야만 했다.

그럴 시간도 부족한데 애들 감독관이나 하고 있을 수 있겠는가?

"원래 이건하가 하기로 했는데, 이번에 청신에서도 입학 신청이 들어와서 말이야."

"청신은 왜 자기들 학관 놔두고 성무학관으로 온답니까? 귀찮게."

"성무학관이 더 뛰어나니까 그렇겠지. 그리고 한 번만 더 말대답하면 너 부서 바꿔 버린다."

"……죄송합니다."

"그럼 감독관 해. 확 잘라 버리기 전에."

"……네. 물러가겠습니다."

강무성은 떨떠름하게 입맛만 다시며 밖으로 나왔다.

"아, 똥 밟았네."

시험 응시생의 사촌 형이 감독관이 될 수 없기에 이건하의 일이 강무성에게 간 것이었다.

"어떤 새끼야?"

무왕산 원정.

급격하게 마수가 는 지역이었다.

마수가 급격하게 늘어나는 이유는 하나였다.

그곳에 나찰이 있다는 것.

이름 좀 있는 나찰 하나만 산 채로 잡아 와도 홍의로 바로 올라갈 수 있기에 강무성은 이번 무왕산 원정에 꼭 참여하고 싶었다.

하지만 그건 청신의 꼬맹이 때문에 물 건너갔다.

강무성은 바로 응시생 중 청신 가문 출신을 찾았다.

청신, 이서하.

"이놈이구나."

이름은 이서하.

어떤 놈이진 두고 볼 생각이었다.

그렇게 주시한 덕분에 이서하가 88번을 받았다는 것도 알아냈다.

"필기 만점? 사기 친 거 아니야?"

녀석은 필기 만점을 받았다.

절대로 만점은 받을 수 없게 만들어진 것이 성무학관의 필기시험이었다.

과목마다 한 문제 정도는 전문가들도 풀기 힘든 문제를 넣어 놨다.

그런데 만점을 받았다.

"498점은 또 뭐야?"

오직 법에서만 한 문제 틀린 응시생도 있다.

"이번 기수는 왜 이래?"

사람들이 황금 세대라고 괜히 떠드는 게 아니었다.

강무성의 질문에 그의 부하가 고개를 갸웃하며 말했다.

"천재들이 많다는 평가는 있었습니다."

"아니, 아니. 사기 친 거 아니냐고. 천재라는 말로 이게 설명이 되나? 현직 장군, 판사들도 틀리는 문제야. 그걸 일개 응시생들이 맞힌다고?"

"의심은 가지만 설마 상급 무사의 눈을 피해 뭔가를 했겠습니까? 약 300명을 상급 무사 50명이 감시하고 있었습니다. 편법이 가능했을 리가 없습니다."

"하긴, 그럴 리가 없지."

계속 지켜봐야겠다.

그렇게 생각하며 맞이한 실기 시험 당일.

88번 녀석은 숨 하나 헐떡이지 않고 동굴까지 따라온 것도 모자라 일부러 가장 좁은 출구로 나갔다.

어떤 출구를 선택하든 연무장까지의 거리나 난이도는 별반 다르지 않았다.

아니, 정확히 말하면 길이 만들어져 있는 큰 출구 쪽이 훨씬 쉬울 것이다.

강무성은 이서하에 대한 평가를 내렸다.

"괴짜네."

"감독관님. 모두 출발했습니다."

"그럼 시간 재. 정확히 한 식경 이후에 출발한다."

그렇게 시간을 보낸 강무성은 벌떡 일어나며 말했다.

"난 저 좁은 출구로 간다. 너희들은 알아서 배분해서 가도록."

응시생들이 어디로 갔는지는 모두 알고 있었기에 적당한 수를 배분할 수 있었다.

"이 변태 새끼. 이런 곳으로 나가?"

15살짜리 아이들보다 덩치가 큰 강무성은 힘겹게 출구를 빠져나왔다.

그런 그의 앞에 팔을 부여잡은 한 응시생이 들어왔다.

"뭐야?"

출구 바로 앞에서 다친 팔에 부목을 대고 있는 응시생.

강무성은 그에게 다가가 말했다.

"몇 번이냐?"

"86번입니다."

"팔은 왜 그래? 설마 88번이 그랬냐?"

"아닙니다. 혼자 넘어졌습니다."

김용호는 눈 하나 깜빡하지 않고 말했다.

"무사 지망생이라는 놈이 혼자 넘어져서 팔이 부러졌다고?"

"네, 그렇습니다."

"그걸 나한테 믿으라는 거냐?"

"믿어 주시죠."

강무성은 피식 웃었다.

'이놈 봐라?'

86번은 분명 운성 출신이었다.

운성 출신이 왜 청신을 감쌀까?

그것도 팔이 부러졌으면서?

"웃긴 놈들이네?"

강무성은 수풀을 바라봤다.

서하가 지나간 바로 그 수풀이었다.

나름 흔적을 지운 티가 나지만 작은 가지의 방향이 인위적으로 틀어졌음을 확인한 강무성은 김용호를 바라보며 말했다.

"그래, 그럼 본인한테 물어볼게."

"물어보셔도 상관없습니다. 전 넘어진 겁니다. 88번은 아무런 상관이 없습니다."

"그래, 그래. 알았어. 의리 있네. 근데 넌 탈락이다."

감히 다른 응시생을 공격했다는 거지?

"처음부터 끝까지 마음에 안 드는 놈이네."

그냥 잡아서 탈락시켜야겠다.

절대로 분풀이는 아니었다.

◆ ◈ ◆

"너 근데 길 알아? 지도도 안 보네."

"외웠어."

"……."

대충 둘러댄 것이었으나 한상혁은 믿는 듯싶었다.

"하긴 필기도 만점이었으니까."

필기 만점이 여기서도 도움이 될 줄이야.

그보다 흔적을 너무 많이 남겼다.

생각보다 이곳에 길이 없었다.

회귀 전 내가 이 출구를 사용했을 때는 어느 정도 길이 만
들어졌을 때였다.

그때야 모두가 피난길에 올랐던 때니까 이곳을 지나간 사
람들도 많았겠지.

하지만 지금은 평화로운 시대였다.

저 동굴은 시험용으로만 사용될 뿐.

'실수했네.'

이번 생에서는 절대로 실수해서는 안 된다는 점을 잠시 간과했다.

이런 작은 실수가 큰 결과를 불러올 수도 있는데 말이다.

어쨌든 지금이라도 빨리 연무장으로 돌아가면 될 일이다.

길은 전부 알고 있었으니까.

"이대로면 여유롭게 도착……."

그렇게 말하려는 순간이었다.

뒤에서 무언가 맹렬한 기세로 달려오는 것이 느껴졌다.

'뭐야 이거? 살기야?'

종류는 달랐으나 살기 비슷한 것이었다.

기운의 크기와 속도로 보아 선인급.

'그럼 강무성인가?'

강무성이 나를 쫓는 건가?

왜?

그 귀찮은 거 싫어하는 놈이 도대체 왜 그 좁은 구멍을 통과해 나를 따라오는가?

넓고 편안한 출구도 많은데.

무엇보다 난 흔적을 거의 남기지 않았다.

비록 길이 없고 수풀이 많아 어쩔 수 없이 흔적이 조금은 남았겠지만 15살 수준에서는 거의 완벽하게 흔적을 지우며

왔다.

'흔적이 적당히 없으면 안 쫓아온다며?'

이 망할 자식.

사실 전쟁터에서도 마음에 안 들었었다.

열정만 가득해서 돌격만 하는 미친놈이었으니까.

"여기서 열정 불태우지 말라고! 달린다. 잘 따라와."

"뭐야? 누가 따라오는 거야?"

"강무성이다."

"백의선인?"

"선인은 무슨. 그냥 미친놈이지."

속에 있던 말이 나와 버렸다.

흔적 지우는 건 이제 신경 쓰지 않아도 된다.

하지만 그런다고 해도 도망치는 것은 불가능하다.

어차피 내가 최고 속력으로 달려 봤자 언젠가 강무성에게 잡힐 테니까.

그렇다면 그를 따돌릴 방법을 생각해야만 한다.

난 머릿속에 이 인근 지형을 전부 떠올렸다.

'어떻게 따돌려야 할까?'

전쟁 당시 남악은 최후의 보루라고 불렸다.

그만큼 숨을 곳이 많았기 때문이었다.

그것만 잘 활용한다면 선인에게서도 도망칠 수 있을 터.

그리고 그 순간 갈림길이 나왔다.

"너 지도 볼 줄 알지?"

"당연히 볼 줄 알지. 그런데 왜?"

"넌 오른쪽으로 가라. 난 왼쪽으로 갈게. 누구 하나라도 살아야지."

일단 상혁이부터 살리고 본다.

이 녀석은 성무학관에 들어가 제대로 수련해 훗날 나찰과의 전쟁에서 앞장서야 할 놈이었다.

"복불복이니까 걱정하지 말고 가라."

"복불복이라니. 그냥 내가……."

"사슴은 원래 이렇게 도망치는 거야. 네가 시간 끌어 봤자 얼마나 끌겠냐? 선인 상대로."

"……알았어."

녀석은 고개를 끄덕이고 오른쪽 길로 달려 나갔다.

나는 달리는 척하다가 멈춰 섰다.

일단 상혁이는 살렸고.

나도 한번 살아 보자.

"안 도망가냐?"

강무성이 내 바로 뒤로 착지하며 말했다.

"저 꽤 흔적 잘 지웠다고 생각하는데. 왜 따라오시나요?"

"그래, 인정한다. 흔적은 잘 지웠더라. 길도 없는 곳에서 그 정도로 흔적 지우는 건 쉽지 않지. 너 실력 좋더라."

"그러니까 그런데 왜 따라오시냐고요?"

"86번 팔 네가 부러트렸지?"

나는 영문을 모르겠다는 표정으로 말했다.

"제 혼자 넘어졌는데요? 도와준다니까 그냥 가라고. 필기 망쳐서 상관없다고 하던데."

"이 새끼. 86번이 다 불었어. 그냥 말해."

공갈을 치려면 제대로 쳐라. 강무성아.

청신으로 가기로 약속받은 김용호가 그렇게 말했을 리가 없다.

"불긴 뭘 붑니까? 감독관이 그렇게 거짓말해도 됩니까?"

"……이 새끼 봐라? 어쨌든 넌 잡히면 탈락이야."

"잡힐 생각 없습니다. 한번 잡아 보시죠."

나는 말이 끝나기가 무섭게 뒤로 돌아 뛰어가기 시작했다.

내가 생각한 지점까지만 갈 수 있다면 강무성을 따돌릴 수 있을 것이다.

'조금만 가면 돼. 조금만 가면 분명…….'

아직은 발견되지 않은 바로 그것을 이용할 수 있을 것이다.

하지만 그 생각도 잠시.

바로 옆에서 강무성의 말이 들렸다.

"너 생각보다 빠르네? 근데 나 선인이야. 네가 정말 나한테서 도망칠 수 있을 줄 알았어?"

강무성은 산보를 하듯 나를 따라잡았다.

"……아뇨, 진짜."

아무래도 나를 너무 과대평가한 것만 같다.

"얌전히 잡혀라. 다친다."

그렇게 강무성이 손을 뻗는 순간이었다.

"죄송합니다아아아아아아!"

수풀 속에서 한상혁이 튀어나왔다.

◆ ◆ ◆

달리던 한상혁은 뒤를 돌아봤다.

"하아, 하아."

강무성이 따라오지 않는다.

일부러 땅까지 파 가면서 흔적을 남겼는데 강무성이 따라오지 않는 이유는 하나다.

"서하를 따라갔구나."

상혁은 바로 지도를 꺼냈다.

동굴의 위치는 물론 각각 출구도 표시되어 있었다.

덕분에 상혁은 자신의 위치를 빠르게 확인할 수 있었다.

"여기서 왼쪽 길로 가려면……."

수풀을 헤치고 달려가면 된다.

"가자. 후우. 긴장하지 말고."

서하는 한 명이라도 살자고 했으나 상혁은 만약 누군가 한 명만 통과해야 한다면 그건 서하가 되어야 하는 게 맞다고 생각했다.

상혁은 서하 덕분에 시험에 응하고 있을 뿐이었으니까.

"잡히지 말고 기다려라."

상혁은 수풀로 몸을 던졌다.

목검으로 가시 박힌 가지들은 쳐 냈으나 너무 우거져 상처가 날 수밖에 없었다.

하지만 속도를 늦출 수는 없었다.

그렇게 미친 듯이 달리기를 한참.

길이 나옴과 동시에 저 멀리서 다가오는 서하와 강무성이 보였다.

서하가 잡히기 일보 직전.

생각하고 자시고 할 시간이 없다.

상혁은 강무성에게 날아가며 외쳤다.

"죄송합니다아아아아아아아아!"

알아서 피하겠지.

선인이니까.

상혁은 온 힘을 다해 목검을 내려쳤다.

◆ ◈ ◆

쟨 또 왜 여기 있어?

강무성은 화들짝 놀랐다.

저 우거진 수풀에서 사람이 튀어나오는 것도, 응시생이 감독관인 자신을 공격하는 것도 예상하지 못한 눈치였다.

"이런……!"

강무성은 반사적으로 몸을 비틀며 반격을 가하려고 했으나 움찔하며 자기 혼자 넘어졌다.

상혁을 죽이지 않기 위함이었다.

선인이 힘 조절도 못 하고 때렸다간 진짜로 죽어 버릴 수도 있으니 말이다.

덕분에 시간이 생겼다.

난 상혁이에게 외쳤다.

"달려!"

일단 거리는 벌렸다.

강무성이 더 열 받았다는 게 문제지만 말이다.

상혁이 녀석은 옆에서 호들갑을 떨었다.

"우리 망한 거야? 그런 거지? 망한 거지?"

"그 얼굴로 궁상떨지 마라."

"엎드려 빌면 용서해 줄까?"

"그럴 리가. 저 표정을 봐라."

상혁이는 미친 듯이 달려오는 강무성을 보고는 울상을 지었다.

"나도 청신에서 받아 주면 안 되냐? 이거 탈락 같은데."

"재수 없는 소리 하지 말고. 내가 한 번 더 튕겨 낼 거야. 그러면 승산 있어."

"무슨 승산?"

"도망치는 거지. 계속 달리다 보면 옆으로 누운 커다란 고목이 보일 거야. 거기서 기다려."

"너는?"

"선인이랑 내력 대결 좀 하자."

"뭐? 그건 미친 짓……!"

나는 발을 멈추며 강무성을 마주했다.

조금만 더.

아주 조금만 더 시간을 끌 수 있다면 그에게서 도망칠 수 있다.

그러기 위해서는 위험을 감수해야만 한다.

'할 수 있어. 할 수 있어. 할 수 있어.'

긍정적으로 생각하자.

내 생각은 결코 틀릴 일 없다.

이번만큼은 선인을 상대로도 내력 대결에서 이길 수 있을 것이다.

'괜찮아. 난 실패하지 않아. 운이 좋으니까. 될 거야. 된다고 생각하자.'

강무성은 힘 조절을 신경 쓰고 있었다.

이는 방금 상혁이를 때리지 않은 것에서도 알 수 있었다.

그렇다면 이번에도 힘 조절을 할 것이다.

'만년하수오 덕분에 내 내공은 최상위권이다.'

난 15살이 절대로 얻을 수 없는 내공을 가지고 있었다.

반대로 강무성은 조심스러울 수밖에 없었다.

부러지면 다시 붙는 뼈와 달리 내력 대결을 잘못했다가는 기혈이 뒤틀려 평생 불구가 될 수 있었다.

감독관이 학생의 무사 인생을 끝내 버린다?

그것도 전 근위대장 이강진의 손자를?

강무성은 위축되어 평소보다도 힘 조절에 신경 쓸 것이다.

'꼴통만 아니길 빌어야지.'

나는 한 손을 앞으로 뻗었다.

이는 선전포고였다.

내력 대결을 하자는 선전포고.

"이 새끼 봐라? 내력에는 자신 있다?"

강무성은 나를 비웃으며 손을 내밀었다.

응해 주겠다는 것이다.

나는 앞으로 뛰어들며 강무성과 손을 마주쳤다.

양측의 내력이 손끝에서 부딪히며 뒤엉켰다.

그렇게 내력이 서로를 밀어내는 순간.

강무성과 내가 동시에 반대 방향으로 튕겨 나갔다.

"커헉. 아 진짜!"

나는 피를 토했다.

잘못하면 기혈이 뒤틀릴 뻔했다.

꾸준히 강로(强路)를 수련하지 않았다면 정말 큰일 났을 것이다.

'이런 미친…….'

강무성 저 미친 새끼.

진짜 또라이였다.

물론 힘 조절은 한 거다.

선인이 내 내력에 튕겨져 나갈 리가 없으니까.

하지만 이 정도만 돼도 웬만한 15살은 기혈이 뒤틀려 죽었을 것이다.

하지만 어쨌든 시간을 벌었다.

나는 온몸이 뒤틀리는 고통을 이겨 내고 바로 달리기 시작했다.

이윽고 저 앞에 기울어진 고목이 보였고 상혁이 불안한 얼굴로 말했다.

"서하야! 감독관은?"

"몰라, 죽어 버렸으면 좋겠다."

그럴 리가 없지만 말이다.

나는 바로 고목 뒤편의 땅을 발로 내려쳤다.

그러자 땅이 무너져 내리며 우물 같은 작은 구멍이 나왔다.

숨겨진 동굴이었다.

고목이 기울어진 이유는 자라난 땅이 기울어져 있기 때문.

훗날 전쟁 중에 발견되는 오래된 동굴이지만 지금은 이걸 사용해야만 한다.

"이건……."

"우릴 보기 전에 들어가야 해."

"잠깐, 꽤 깊어 보이는데?"

"그냥 들어가, 인마. 사내자식이 겁이 많아?"

"잠깐…… 마음의 준비를!"

나는 상혁을 그냥 던져 넣었다.

"으아아아악!"

상혁의 비명을 들으며 나 또한 동굴로 몸을 던졌다.

그렇게 떨어지기를 한참.

풍덩! 하는 소리와 함께 내 몸이 물속에 잠겼다.

강무성은 멍하니 하늘을 바라봤다.

'내가 졌다고?'

딱 죽지 않을 정도로만 힘 조절을 했다.

솔직히 그보다도 더 힘 조절을 못 한 거 같다.

이성이 조금은 날아갔었으니까.

흥분한 상태에서 도대체 얼마나 힘을 준 것인가?

손이 부딪히는 순간 '청신의 도련님이 어떻게 되는 거 아닌가?' 하는 불안감도 엄습했으나 이미 저질러 버린 상황이었다.

그런데 강무성이 졌다.

아무리 힘 조절을 했다고 하더라도 선인이 일개 응시생에게 진 것이다.

"잠깐, 너 괜찮냐?"

강무성은 허둥지둥 몸을 일으켰다.

하지만 88번은 사라졌다.

그 내력 대결을 하고도 바로 몸을 움직인 것이었다.

완패.

나이와 경력을 생각한다면 이건 완패라고 할 수밖에 없었다.

"하……."

허탈하게 웃은 강무성은 머리를 긁적이며 일어났다.

혹시라도 잘못되었을까 따라가 보았지만 88번은 흔적도 없이 사라진 지 오래였다.

"어디로 사라진 거야?"

눈에 보이지 않는 곳에서 쓰러졌다면 어떻게 응급처치도 힘들었다.

"미치겠네. 내상을 입었을 텐데."

서하가 피를 토했음을 확인한 강무성은 깊은 한숨을 내쉬었다.

"으아아아! 이 병신아! 애들 상대로 이성이나 잃고."

필기도 만점. 실기도 이 정도면 백 년에 한 번, 아니 천 년에 한 번 나올 재능이었다.

그걸 알기에 청신도 이 성무학관에 입학시키려 한 것이다.

그런데 그 청신의 유망주가 내상을 입었다?

이것이 철혈 이강진 귀에 들어가면 강무성은 죽은 목숨이었다.

"아, 진짜. 내가 무슨 생각으로."

후회해 봤자 늦었다.

강무성은 서하가 토한 피를 살폈다.

"한 번만 피를 토했어. 그럼 그래도 괜찮은 건데……."

그제야 안도의 한숨이 나온다.

"그러게 왜 나 같은 걸 감독관을 시켜서……."

강무성은 그렇게 중얼거리며 서하를 찾아다니기 시작했다.

◆ ◇ ◆

"아, 죽겠다."

힘이 하나도 없다.

나는 동굴에 대자로 뻗어 있었다.

만년하수오로 체질을 개선한 덕분에 하루만 푹 자도 회복이 되겠지만 지금은 그럴 시간이 없었다.

바로 움직이지 않으면 일몰까지 연무장에 돌아갈 수가 없다.

'이 동굴 출구로 나가서 연무장까지 가려면…… 시간이 되려나?'

이거 일 났다.

실패한 걸까?

가장 중요한 첫 단추를 못 끼우는 건가?

만약 성무학관에 입학할 수 없다면 계획을 전부 수정해야만 한다. 그럴 수는 없다. 어떻게든 일어나서 가야만 한다.

힘겹게 몸을 일으켰지만 다리는 움직이지 않았다.

망했다.

식은땀이 절로 흘렀고 머릿속이 복잡해졌다.

그때 상혁이 말했다.

"뭐 해? 못 일어나겠으면 업혀라."

나는 한숨을 내쉬었다.

그걸 내가 생각 안 해 봤겠는가?

"날 업고 네가 제시간에 도착할 수 있을 거 같아? 안 돼. 지금부터 전속력으로 달려도 될까 말까야."

"하지만 두고 가면 넌 탈락이잖아."

"너라도 붙어야지. 성무학관 다니고 싶잖아."

"됐어. 같이 붙거나 같이 탈락하거나. 둘 중 하나다. 내가 괜히 가마꾼이겠냐? 뻗은 도련님 데리고 가는 것도 가마꾼 역할이야."

"……."

이제 도박을 해야만 했다.

"그래, 가 보자. 하고 후회하나 안 하고 후회하나 그게 그거지."

"그럼 실례!"

상혁은 녀석은 나를 어깨에 둘러업었다.

원래 부상자는 이렇게 옮기는 법이었다.

썩 편하지는 않다.

"살살 뛰어. 여기저기 아프다."

"그럴 여유 있냐?"

"……신경 쓰지 말고 뛰어라."

"꽉 잡아라."

원래 계획대로라면 여유롭게 들어가서 합격이 확정된 아이들과 친해질 생각이었는데 말이다.

이게 뭐람.

난 가만히 생각하다 말했다.

"강무성 개새끼. 내가 진짜 통과하면 그 새끼 비밀 다 말할 거야."

"선인님 비밀도 있어?"

"있어. 내가 이런 식으로 복수하는 거 안 좋아하는데 꼭 복수한다."

"비밀이 뭔데?"

"그게 말이야……."

비밀을 들은 상혁이는 박장대소하며 속도를 올렸다.

"하하하, 넌 그걸 어떻게 아나?"

"다 아는 방법이 있지."

"이거 꼭 통과해야겠네."

내 말이 그 말이다.

기다려라. 강무성.

복수하려고 환생까지 한 복수의 화신이 간다.

◆ ◈ ◆

해가 뉘엿뉘엿 넘어가고 있다.

강무성은 연무장에서 손톱을 뜯었다.

88번이 들어오질 않는다.

'크게 다쳤나? 지금이라도 수색대를 보내야 하나? 되는 일이 없어. 진짜.'

후회해 봤자 이미 엎질러진 물.

하지만 해가 지기 전까지는 수색대를 보낼 수 없었다.

아직 탈락이 결정된 것이 아니기 때문.

"으아아아아아! 짜증 나! 괜히 맡았어. 그냥 홍의 때려치울걸."

"선인님, 왜 그러십니까?"

"몰라. 물어보지 마."

강무성은 머리를 부여잡으며 기도했다.

같은 시각.

한영수는 여유롭게 도착해 이서하를 찾았다.

이서하도, 한상혁도 보이지 않았다.

"크크크, 탈락이네. 꼴좋다. 잘난 척하더니 공부만 잘하는 놈이었네."

당연하게도 한영수는 서하가 탈락하는 것을 바라고 있었다.

청신이라는 대가문 출신.

필기시험 만점.

여기에 실기 시험까지 우수한 성적으로 통과한다면 녀석은 명실상부 최고의 유망주가 되는 것이었다.

"김용호가 잘하긴 했나 보네."

한영수가 깔깔거리며 웃자 옆에 있던 그의 부하가 말했다.

"지금 들어와 봤자 탈락일 겁니다. 거의 꼴찌인데요. 하하하."

"아니, 아직 몰라."

한영수는 정색했다.

"필기시험 만점이잖아. 혹시 알아? 청신 가문 후광으로 합격할지. 이대로 못 들어오면 김용호한테 뭐라도 줘야겠네. 하하하!"

이미 승리한 듯 깔깔거리며 웃는 한영수였다.

그때였다.

그렇게 해는 점점 넘어갔고 어둑어둑해질 때 거친 숨소리가 들려왔다.

"후우, 후우, 후우!"

한영수는 깊은숨을 토해 내며 달려오는 상혁을 보고 표정을 굳혔다.

그의 어깨에는 서하가 짊어져 있었다.

한영수는 재빨리 해를 찾았다.

해는 거의 모습이 보이지 않을 정도로 넘어간 상태였다.

'조금만, 조금만 더……'

한영수는 해와 한상혁을 번갈아 보았다.

그리고 한상혁이 들어오기 직전.

해가 넘어갔다.

"됐다!"

한영수가 주먹을 불끈 쥐며 외쳤고 한상혁은 바닥에 서하를 눕히며 자기도 대자로 누웠다.

강무성은 바로 일어나 두 사람에게 다가가며 말했다.

"딱 맞춰서 왔구나. 통과다."

통과인지 아닌지 모호했으나 그럴 때는 감독관의 재량으로 결단을 내릴 수 있었다.

서하에게는 심한 짓을 했으니 이 정도는 통과로 처리해도 될 것이었다.

그때 한영수가 강무성에게 달려들었다.

"이의 있습니다! 해는 이미 넘어갔다고요! 이게 어떻게 통과입니까?"

"넌 뭐냐?"

강무성은 한영수의 번호를 확인한 뒤 말했다.

"83번. 네가 신경 쓸 일 아니야. 감독관은 나다."

"이건 공정하지 않습니다. 일몰까지 들어오는 것이 규칙 아니었습니까?"

"그래. 아직 일몰까지는 조금 남았잖아."

"이미 넘어갔습니다. 이미 해는 넘어갔다고요!"

"난 해가 보이는데?"

강무성은 한영수의 옆으로 가 그의 어깨를 잡았다.

"자, 보이지? 저기 해가 아주 조금 보이지?"

"아뇨, 보이지 않…… 으아아아아!"

강무성은 한영수의 어깨를 잡은 손에 힘을 넣었다.

"보일 텐데? 보이잖아. 그렇지?"

"아니, 보이지…… 으아아아아!"

"보이지 이제? 아직도 안 보여?"

"보입니다! 보입니다!"

"그래. 보이지? 아, 지금 말하는 순간 이제 넘어가네. 진짜 아슬아슬했다. 그렇지?"

강무성은 한영수를 향해 씩 웃어 보인 뒤 바로 정색하며 말했다.

"이제부터 들어오는 애들 탈락 처리해."

"네."

강무성은 내심 안도의 한숨을 내쉬었다.

'후, 다행이다. 살아 있네.'

사실 한영수의 말대로 해는 넘어갔다.

아슬아슬하게 탈락이었다.

하지만 그게 뭐가 문제인가?

감독관의 재량으로 이 정도는 봐줄 수 있었다.

게다가 서하는 내력 대결에서 선인을 이기지 않았는가.

비록 힘 조절을 했다고 해도 말이다.

강무성은 가슴을 쓸어내리며 88번, 서하에게로 다가갔다.

"우리 살았나?"

"그런 거 같은데?"

나는 한영수에게 반협박하는 강무성을 바라봤다.

그래도 양심은 있는지 통과는 시켜 주려나 보다.

하지만 정말 막바지에 들어왔기에 좋은 점수는 기대할 수 없었다.

필기 만점인 나도 합격을 장담할 수 없다는 것이었다.

"상혁아, 통과자 몇 명이냐?"

"50명은 되어 보이는데. 어쩌냐?"

"그러게. 우리 잘릴 수도 있겠는데?"

"넌 그래도 필기라도 만점이지. 난 이미 탈락인 거 같다. 필기도 300점대고. 나 떨어져도 청신으로 보내 주는 거 잊지 마라. 학관은 달라도 절친이니까."

"괜찮아. 떨어질 일 없어. 오늘 강무성 협박하면 돼."

"그래, 좀 해 봐. 나도 성무학관 좀 들어가자."

나는 피식 웃었다.

이제야 내가 편해졌는지 자기 성격을 보여 주는 상혁이었다.

결과는 다음 날 나올 예정이었다.

그때 마침 강무성이 다가와 말했다.

"살아 있었구나?"

상혁에게 매달려 오며 조금은 회복이 된 상태였다.

나는 벌떡 일어나 강무성에게 말했다.

"덕분에 기혈이 전부 뒤틀려 죽을 뻔했습니다."

"안 죽었으면 됐지. 몸은 괜찮냐? 그래도 시간 안에 들어왔네."

"덕분에요."

아슬아슬했다.

탈락으로 처리해도 할 말 없을 정도로.

아니, 솔직히 조금 늦은 거 같았다.

강무성이 그래도 미안해서 통과를 준 거 같지만 점수는 기대할 수 없을 것만 같았다.

"저기 우리가 좀 많이 늦었는데. 그게 솔직히 감독관님 때문 아닙니까?"

강무성은 알 수 없는 표정으로 나를 바라봤다.

어쩔 수 없다.

여기서 가지고 있는 패를 까는 수밖에.

"그래서 말인데 선인님 그 첫사랑이……."

"걱정하지 마라."

강무성이 내 말을 끊었다.

그는 어울리지 않게 인자한 미소를 지으며 말했다.

"두 사람 성적은 좋게 줄 거니까. 둘 다 합격할 거다."

"아…… 네."

이건 또 뭐람?

아직 가진 패를 보이지 않았음에도 강무성이 호의를 베풀어 주었다.

"그러니 네 할아버지한테는 이르지 말아 다오. 부탁이다."

"……."

그걸 걱정하고 있었구나.

만약 내가 시험 중 선인과 내력 대결을 해 내상을 입었다고 할아버지에게 말하면 그냥 넘어갈 리가 없었다.

강무성이 죽거나, 혹은 반으로 쪼개지거나.

둘 다 그게 그건가?

그럴 생각은 없었는데 확실히 무섭긴 할 것이다.

"알겠습니다. 그러죠."

"그래, 그럼 일단 의원부터 가자. 어디 다친 데 있으면 안되니까. 어서, 어서."

"87번도 좀 챙겨 주시죠. 완전히 뻗었는데."

"내가 업어야지. 그럼! 감독관의 역할이 그건데. 하하하."

강무성은 상혁을 어깨에 올리고는 말했다.

"가자, 가자. 의원님 대기 중이다."

저 돌대가리가 정치하려고 애쓴다.

어쨌든 어떻게 합격은 확정된 것만 같다.

"후우, 다행이다."

실패하는 줄 알았다.

식은땀이 아직도 흘러내렸다.

절대로 실패하면 안 된다.

절대로.

"야, 88번. 뭐 해? 빨리 와. 의원님 기다린다니까."

"네, 네. 갑니다."

몸에 이상은 없었지만 일단 시키는 대로 치료부터 받자.

혹시 아나.

몸에 좋은 약이라도 줄지.

◆ ◈ ◆

결과 발표 날이 밝았다.

미시(오후 1시)에 발표되었기에 아침부터 사람들로 붐볐다.

분명 할아버지와 아버지도 왔을 것이 분명했다.

그리고 이들을 찾는 건 어렵지 않았다.

"철혈님이 왔다고? 진짜?"

"몰랐어? 청신에서도 이번에 한 명 응시했던데?"

"야, 어디야? 나 철혈님 한 번도 못 봤어."

"저기 오신다."

어디를 가나 할아버지의 이름이 들렸으니 말이다.

"이야, 진짜 유명하시네?"

"유명하시지."

"근데 넌 무슨 도련님이 국밥을 그렇게 좋아하냐? 어제도 시험 끝나고 이거 먹은 거 같은데."

나는 상혁이와 함께 국밥이나 먹고 있었다.

상혁이 녀석은 도련님이 왜 이런 음식을 먹냐고 했지만, 국밥은 정말 굉장한 음식이다.

싼 가격과 엄청난 양. 고기는 물론 허파, 귀, 간 같은 여러 가지 맛을 즐길 수 있었고 거기에 파김치까지 얹으면 이게 서민 음식인지 양반 음식인지 헷갈릴 지경이다.

"솔직하게 말해 줄까?"

"뭔 대단한 이유라도 있나?"

"전쟁 통에는 국밥이 제일 먹고 싶더라고. 뜨끈하게. 겨울이 얼마나 추운지. 겪어 보지 않으면 몰라."

"……그러냐?"

봐봐, 솔직하게 말해 주니 못 믿잖아.

그렇게 국밥 한 그릇 뚝딱한 나는 상혁이와 함께 결과 발표장으로 갔다.

마침 할아버지와 아버지도 도착해 나를 찾고 있었다.

"할아버지! 아버지! 여기. 여기."

나는 15살답게 천진난만한 얼굴로 반갑게 손을 흔들었다.

가끔 이런 애교도 부려 보자.

3년만 지나도 난 징그러워질 테니까.

"오! 내 손자!"

할아버지가 나를 들어 올렸고 사람들의 이목이 몰렸다.

이제 내가 청신의 손자라는 것을 모두가 알 것이다.

"아, 안녕하세요. 운성의 한상혁이라고 합니다."

상혁이가 과할 정도로 허리를 숙여 인사했다.

할아버지는 나를 내려놓으며 말했다.

"그래, 서하 친구니?"

"네. 친구입니다."

"맞아요. 그리고 내가 학비 내 주기로 했어요."

상혁이는 얼굴이 하얗게 질렸다.

하긴, 다짜고짜 등록금을 내 주기로 했다고 말하면 누가 그냥 '그래!' 하고 승낙해 주겠는가?

우리 할아버지 빼고.

"그래. 내가 내 주지."

할아버지는 미소를 지으며 상혁의 머리를 쓰다듬어 주었다.

"뭐 사정이 있나 보구나. 묻지 않으마."

"……감사합니다."

운성 가문의 사람이 청신에 손을 빌릴 이유는 없기 때문이었다.

내가 저래서 할아버지를 좋아한다.

사소한 건 신경도 안 쓰시니까.

그때 아버지가 다가왔다.

"잘했냐? 어디 다친 데는 없고?"

"그럼요. 제가 튼튼한 게 장점이지 않습니까? 시험이야 간당간당했지만."

"하하하, 그래서 합격은 할 거 같아?"

"턱걸이로 하지 않을까요?"

"그 정도도 대단한 거다. 성무학관이잖냐. 잘했다."

강무성이 합격시켜 준다고 했으니 믿을 수밖에.

그때 저 멀리서 한 노인이 걸어왔다.

운성의 가주.

한백사(韓伯士).

선비 중 으뜸이라는 뜻이었지만 난 그냥 하얀 뱀이라고 불렀다.

저 늙은 낯짝을 어떻게 잊을 수 있겠는가?

수천의 무사를 가진 운성이 수도를 버리고 도망쳤을 때는 정말 얼굴에 침이라도 뱉어 주고 싶은 심정이었다.

그는 비릿한 미소로 다가와 할아버지에게 인사를 건넸다.

"이게 누구신가? 이강진 근위대장님 아니십니까?"

"한 가주. 오랜만입니다."

할아버지는 반갑게 한백사를 맞이해 주었다.

둘이 친한 건 아니지만 일단 대가문의 가주였으니 무시할 수는 없다.

한백사는 상혁이를 힐끗 보더니 말했다.

"쯧쯧쯧, 우리 가문의 수치가 저기 있군요. 제가 데리고 가도 되겠습니까?"

"아, 한 가주님의 식솔이었습니까? 그런데 어떡하죠? 방금 청신의 속가 제자가 되었는데. 제가 이 녀석의 아버지가 된 셈이죠. 데리고 가려면 친부가 와야 할 거 같습니다."

사부는 아버지와 같다.

그리고 상혁에게는 친부가 없었다.

"……그렇습니까? 뭐 우리 가문에서 성무학관 입학자가 둘이나 나오면 좋은 일이죠."

한백사는 일단 뒤로 물러났다.

할아버지가 저 정도로 말했다는 건 돌려주지 않겠다는 소리였으니 말이다.

그리고 한백사의 말대로 청신에서 운성 한 씨를 키워 주겠다는 데 마다할 이유는 없었다.

"그나저나 괜찮으시겠습니까? 저희 손자 말로는 아슬아슬하게 통과했다던데요. 사실상 탈락이었다고."

"그렇습니까?"

"네, 해가 넘어갔는데도 통과를 주다니. 혹시 돈 좀 쓰셨습니까? 하하하."

"……"

할아버지는 한백사를 매섭게 내려다보았다.

전쟁터라면 선을 넘은 순간 두 동강 내어 버리면 그만이지만 여기는 전쟁터가 아니었고 상대는 대가문의 가주였다.

'할아버지가 말싸움이 약하긴 하지.'

말하기 전에 주먹이 나가는 사람이었으니 말이다.

"감독관이 누군지도 알 수 없는데 돈이라뇨?"

"농담입니다. 설마 청신이 그랬겠습니까? 하하하. 그래도 필기는 만점이라고 들었습니다. 머리는 좋군요."

머리는 좋다.

즉 실력은 안 좋다는 의미를 내포한 말이었다.

할아버지는 불편한 얼굴로 팔짱을 꼈다.

"결과를 보면 알겠죠."

"꼭 통과하시길 빕니다. 안 그러면 개망신도 그런 개망신이 있겠습니까? 청신의 대표 유망주가 성무학관 입학 실패라니. 하하하. 그것참 상상만 해도 웃기군요."

"……."

대답하지 않는 할아버지였다.

이윽고 기다리던 결과 발표 시간이 되었다.

강무성은 단상 위에 올라 목을 가다듬고 말했다.

"안녕하십니까. 가주님들, 그리고 가족분들. 저는 백의선인 강무성이라고 합니다. 거두절미하고 지금부터 결과를 발표하겠습니다."

모두가 숨을 죽이고 강무성을 바라봤다.

나 또한 가슴을 졸일 수밖에 없었다.

과연 몇 등일까?

'꼴등을 주려나?'

가장 예상되는 건 30등으로 겨우 통과하는 것이다.

하지만 그러면 상혁이는 탈락하게 된다.

나보다 필기시험 점수가 낮으니까.

'그럼 한 20등 정도 주겠네.'

상혁이가 30등 턱걸이를 할 수 있도록 말이다.

그렇게 되면 완벽한 결과다.

할아버지는 좀 아쉬워하겠지만 그보다는 은월단의 눈에 띄지 않는 것이 중요했다.

여기서 수석이라도 해 봐라.

은월단은 나를 미래의 주축으로 보고 죽이려 들 거 아닌가.

'그런 일은 피해야지. 암.'

그렇게 긴장 속에 강무성이 크게 외쳤다.

"그럼 수석과 차석을 발표하겠습니다. 먼저 수석!"

1등은 아마도 그 179번일 것이다.

필기도 훌륭했으며 실기도 첫 번째로 들어왔다는 말을 들었으니까.

"수석 88번. 청신의 이서하!"

그래, 필기도 훌륭했고 실기도……

"……?"

지금 뭐라고 했냐?

Chapter 5.

"크하하하하! 수석이구나! 수석!"

그 순간 할아버지가 양손을 번쩍 들었다.

성무학관의 수석은 동 나이대 전국 1등과 같다.

청신에서 전국 1등이 나온 셈이다.

아니, 그보다 왜 내가 수석이냐?

도대체 왜?

내가 강무성을 바라보자 그는 인자한 미소로 고개를 끄덕이며 엄지손가락을 들어 보였다.

"……이 미친 새끼."

욕이 안 나올 수가 없었다.

아무리 할아버지가 무서웠어도 그렇지 수석을 줘 버리나?

"차석은 179번, 화강(花鋼) 유 씨 유아린."

179번은 차석으로 밀려나 버렸다.

할아버지는 환호성을 지르며 나를 번쩍 안아 하늘로 3번이나 던진 뒤 말했다.

"아이고, 우리 새끼. 그래. 난 네가 수석일 줄 알았다. 암! 청신이 수석이고말고! 하하하!"

그렇게 자축한 할아버지는 똥 씹은 얼굴의 한백사에게 말했다.

"이거 어떡합니까? 제 손자가 수석인데. 하하하! 하긴 청신이 탈락하는 일은 일어날 수 없는 법이죠. 수석이라면 모를까. 하하하!"

"……말도 안 되는."

한백사는 노기를 띠고 앞으로 걸어 나가 외쳤다.

"거기! 감독관!"

강무성은 한백사를 내려다보았다.

한백사는 길길이 뛰며 말을 이어 갔다.

"내 손주가 말하길 저 청신의 아이는 실기 시험에 맨 꼴찌로 들어왔다고 했소! 그런데 어찌 수석을 주는가? 뭔가 모종의 거래가 있었던 거 아니요?"

그 순간 할아버지의 표정이 굳었다.

개인적으로 말할 때야 농담으로 조작이니 매수니 할 수 있어도, 이렇게 공개적으로 말했다는 건 가문에 대한 모독이 되어 버린다.

한마디로 지금 할아버지가 한백사의 머리를 반으로 쪼개도 운성 가문에서는 불만을 말할 수 없다는 뜻이다.

난 앞으로 걸어 나가는 할아버지의 소매를 잡았다.

"가만두세요. 감독관님이 알아서 해 주시겠죠."

"……그래. 일단 기다리자꾸나."

다행히도 할아버지는 바로 냉정을 되찾았다.

이제 강무성의 대처를 볼 차례였다.

그러니까 왜 나를 수석 준 거야? 그냥 20등 언저리 주면 서로 좋았잖아?

강무성은 정색하며 말했다.

"거래요? 그 말에 책임지실 수 있습니까?"

"마땅한 이유를 설명하시오! 감독관! 그게 아니라면 조사를 할 수밖에 없소!"

"그러죠. 이번 시험은 흔적을 남기지 않고 제시간 안에 목적지에 도착하는 것이었습니다. 그런데 개인적으로 궁금하더군요. 본가의 자식들을 청신학관에서 키우던 청신에서 얼마나 대단한 인물이 나왔길래 성무학관에 도전했는지 말입니다. 그래서 제가 직접 확인했습니다. 선인인 제가 직접 추격했죠."

"어찌 됐든 꼴등으로 들어온 건 변하지 않는 사실이오!"

한백사가 끼어들자 강무성은 인상을 찡그리며 말했다.

"자자, 일단 들어 보세요. 제가 좀 가혹하게 추적했습니다. 조금의 흔적이라도 있으면 추격했죠. 그렇게 온종일 최선을 다해 쫓았는데 말입니다……."

강무성은 작게 한숨을 쉬며 말을 이었다.

"놓쳤습니다. 백의선인인 제 추격을 15살짜리가 뿌리친 거죠."

그의 말에 모두가 믿기 힘들다는 듯 수군거렸다.

"그랬니, 서하야?"

아버지가 화들짝 놀라 물었고 나는 한숨과 함께 말했다.

"아, 뭐…… 그랬죠."

거짓말은 아니었다.

내가 강무성의 추격을 뿌리친 건 사실이니까.

강무성은 마지막으로 말을 이어 갔다.

"이 시험은 누가 더 목적지까지 '빨리' 돌아오느냐가 아닙니다. 감독관들의 추격을 피해 목적지에 돌아오는 것이죠. 그런 의미로 선인의 추격을 피해 목적지에 도착한 이서하 군에게는 만점을 줄 수밖에 없었습니다. 혼자 난이도가 다른 시험을 치른 셈이니까요. 이해가 되셨습니까, 어르신?"

"거짓을 고하는 건 아니겠지요?"

"이거 말하는 저도 창피합니다. 선인인 제가 고 15살짜리를 못 잡은 셈이니까요."

이미 대부분은 강무성의 말을 믿고 있었다.

무엇보다 강무성과 청신은 아무런 접점이 없었다.

거기에 바보 같을 정도로 우직한 할아버지의 명성도 한몫했으리라.

"여기까지가 이서하 군에게 수석을 준 이유입니다. 불만이 있으면 조사를 해 봐도 됩니다. 전혀 문제가 될 건 없으니까요."

"쯧, 됐소! 내 이번에는 그냥 넘어가 드리리다."

한백사는 잔뜩 화난 얼굴로 물러났다.

조사까지 진행했다가 정말로 아무것도 없다면 한백사는 할아버지에게 절을 하며 사과해야 할 테니 말이다.

"그럼 나머지 합격자를 공개합니다."

이윽고 합격자 명단이 펼쳐졌다.

맨 위에 있는 내 이름.

그 바로 밑에 유아린.

한상혁은 9위였다.

"……입학했다."

한상혁은 감격스럽게 자신의 이름을 바라봤다.

시골에서 홀로 삼류 무공이나 배울 한상혁의 운명이 바뀌는 순간이었다.

할아버지는 조용히 혼자 눈물을 훔치는 한상혁에게 다가가 그의 머리에 손을 올렸다.

"9등이라. 청신이 지원할 만한 인재구나. 서하와 함께 잘 해 보거라. 응원하마."

"……감사합니다. 열심히 하겠습니다."

수석은 마음에 안 들지만 최악은 아니다.

상혁이 어깨에 매달려 탈락만 면하게 해 달라고 기도했던 게 바로 어제 아니던가.

쓰더라도 달게 먹자.

그나저나 유아린에게는 미안해지기 시작했다.

179번. 유아린.

원래 내가 아니었다면 수석을 따냈을 여자였다.

그나저나 수석이 유아린이었구나.

유아린.

난 그녀를 단 한 번도 본 적이 없다.

오직 기록물에서만 보았을 뿐.

그리고 그녀는 내가 성무학관에 입학하려는 첫 번째 이유였다.

'서두르지 말자. 입학하면 볼 수 있겠지.'

조급해하지 말자.

이제 시작이니까.

"그럼 입학은 열흘 뒤입니다. 합격자들은 각자 본가로 돌아가 필요한 물건을 가지고 이곳으로 오시면 됩니다. 다시 한번 합격을 축하드립니다."

강무성이 단상에서 내려가고 그렇게 결과 발표는 끝이 났다.

◆ ◈ ◆

"이 새끼야! 그런 간단한 일도 처리 못 해?"

한영수는 김용호를 향해 욕설을 쏟아붓고 있었다.

팔에 석고붕대를 감은 김용호는 그걸 그대로 듣고 있을 뿐이었다.

그래도 한때 도련님이라고 부르며 따르던 녀석이었으니 나쁜 말로 헤어지고 싶지는 않았기 때문이다.

하지만 해도 해도 너무한다.

"죽어! 이 새끼야! 네가 똑바로 했으면 그 새끼가 수석을 차지했겠어? 이 새끼가. 가주님 망신당하는 거 봤어 못 봤어? 어?"

"그게 제 탓입니까?"

김용호는 처음으로 말대꾸를 했고 한영수는 바로 손을 들었다.

"이게 감히 누구한테……!"

하지만 김용호는 한영수의 손목을 잡아 막았다.

"막아? 이거 안 놔?"

"내가 이걸 왜 놔? 꺾어야지."

김용호는 무자비하게 한영수의 팔을 꺾었다.

"으아아아아! 이 새끼가……!"

"네가 아직도 내 도련님 같냐? 나 문파 옮길 거야. 운성 같은 허접한 곳 말고 엄청 좋은 곳으로. 그러니까 이제 말조심해라. 뒤지는 수가 있으니까."

애초에 실력이 모자라서 맞고 있던 김용호가 아니었다.

실력은 일찌감치 한영수를 뛰어넘었으니 말이다.

결국, 마지막까지 한영수는 개떡 같은 놈이었다.

김용호는 한영수를 밀어낸 뒤 부러운 듯 바라보는 옛 동료들을 보며 말했다.

"너희도 빨리 독립해라. 그 실력으로 왜 운성에 붙어 있냐?"

쯧쯧.

불쌍한 놈들.

김용호는 그렇게 혀를 차며 밖으로 나와 따뜻한 햇볕을 맞이했다.

그에게도 새로운 인생이 시작되고 있었다.

청신산가에는 잔치가 열렸다.

할아버지는 여기저기 내 자랑을 하고 다녔다.

될성부른 나무는 떡잎부터 알아본다고 성무학관 수석은 최소 선인은 따 놓은 것이나 마찬가지였다.

더 나아가 청의 최고 관직인 근위대장, 홍의 최고 관직인 대장군, 흑의 최고 관직인 도제조(都提調)가 될 수도 있는 인재로 평가받았다.

하지만 잔치는 하루로 끝이었다.

그다음 날부터는 더 강도 높은 수련이 기다리고 있었다.

"이제 시험도 없으니 다시 근력을 늘리자꾸나! 하하하! 고작 열흘이니 이제 혼자 할 수 있는 수련법도 알려 주마. 매일 빼먹지 말고 수련하거라."

"하하…… 네. 할아버지."

그렇게 지옥과도 같은 열흘이 지나가고.

나는 다시 성무학관으로 돌아왔다.

합격자는 정확히 30명.

그 사이에는 상혁이도 보였다.

나는 상혁이를 운성으로 보내는 것에 반대했지만 녀석은 꼭 가져와야 할 게 있다며 굳이 집으로 돌아갔다.

그리고 그 결과는 여기저기 들어 있는 멍이었다.

'얻어맞았구나.'

딱 봐도 알 수 있었다.

상혁이가 어떤 취급을 받았는지.

하지만 녀석은 웃고 있었기에 나도 아무 말 하지 않았다.

때로는 치부를 모른 척해 주는 것도 필요하다.

"오랜만이다. 절친."

"오, 이서하. 근데 넌 어째 더 피곤해 보이냐?"

"말도 마라. 할아버지가 방심하면 추월당하는 거 금방이라고 더 가혹하게 수련시키더라고."

"하하하, 천천히 해. 수석이 누구한테 추월당한다고."

바로 너. 인마.

상혁의 재능은 천 년에 한 번 나올 만한 것이었다.

혼자 삼류 무공을 연마해 그 강한 나찰들을 썰어 넘기던 놈이니까.

하지만 난 진심으로 상혁이 나보다 강해지길 바라고 있었다.

그래야 내가 편하니까.

"할아버지가 새로운 수련법 알려 줬거든. 너도 같이하자."

"좋아. 열심히 해야 네 발뒤꿈치라도 따라가지."

"……하하. 그래."

자기 재능을 모르는 녀석이었다.

얼추 합격자들이 전부 모여 자리에 앉기 시작했고 나는 주변을 둘러보다 물었다.

"근데 너 그 차석 말이야. 유아린이라고. 혹시 누군지 알아?"

"아니, 화강 가문이라면 나름 큰 가문이지만 워낙 교류가 없는 곳이라."

"너도 모른다는 거네."

"모르지 나야. 나도 사실 운성에서는 하인이나 다름없었거든,"

어차피 수석과 차석은 분대장 역할을 해야 하니 앞으로 마주할 일이 많을 것이다.

'긴장되네.'

유아린.

미래에도 그녀에 대한 정보는 많지 않았다.

워낙 짧고 굵은 인생을 살았기 때문이었다.

역사서에서 그녀는 이렇게 묘사되어 있었다.

성무학관에 압도적인 성적으로 입학한 희대의 천재.

그리고 눈부시게 아름다웠던 소녀.

참고로 기록서에 따르면 그 미모는 나무와 돌을 홀릴 정도라고 했었다.

도대체 얼마나 예쁘길래 무생물들까지 홀린단 말인가.

'기록가들은 뻥이 심해.'

그때 나의 옆으로 한 여자가 걸어와 앉았다.

진하게 나는 풍란 향.

그 향기로운 냄새에 나의 시선은 자연스럽게 그녀에게로 향했다.

검은 머리에 하얀 얼굴.

무엇보다 이 향기는 저절로 가슴을 뛰게 할 정도였다.

또한 그 외모는 경국지색이라는 표현이 딱 어울렸다.

무생물도 반할 만한 미모.

존순이 이 자리에 있었다면 나를 떠나 이 여자를 따라갔을 것이다.

나는 나도 모르게 입을 열었다.

"유아린?"

유아린이 나를 돌아보고는 큰 눈을 깜빡이다 고개를 돌렸다.

이번에는 기록가들이 뻥을 친 게 아니었다.

눈부시게 아름다운 천재.

'이 여자가⋯⋯.'

이 여자는 이제부터 6개월 뒤.

인류 역사상 최악의 학살자가 된다.

◆ ◇ ◆

입학식은 지루했다.

나이를 지긋하게 드신 우리 대제학(大提學)님께서는 강의를 하듯 계속해서 말을 이어 가고 있었다.

그나저나.

나는 유아린을 쳐다보며 생각에 잠겼다.

어떻게 하면 6개월 뒤의 살인을 막을 수 있을까?

유아린은 자신의 부모와 하인들을 모두 죽이고 사라진다.

그리고 약 5년 뒤.

다시 등장해 정예 무사 3백 명을 죽인다.

그중에는 홍의선인도 50명, 백의선인이 100명이나 포함되어 있다.

규격 외의 괴물이 된다는 소리다.

과연 유아린은 지금부터 괴물일까? 아니면 6개월 뒤 괴물이 되는 것일까?

6개월 뒤 살인을 막으면 그녀를 아군으로 만들 수 있는가?

아니면 적이 되는 것이 필연인가?

이런저런 생각을 할 때 옆에 앉은 상혁이가 말했다.

"너무 뚫어지게 보지 마. 내가 다 창피하다."

"창피할 게 뭐 있어? 그냥 보는 건데. 그리고 너도 아까부터 힐끗힐끗 보는 거 봤거든."

"그러니까 나처럼 힐끗힐끗 보라고. 그렇게 보다가 유아린 뚫어지겠다."

"내 마음속에 한 점 부끄러운 것이 없는데 왜 대놓고 못 보겠어? 너처럼 흑심 있는 남자들이 힐끗힐끗 보는 거야."

"그럼 넌 흑심이 없다?"

"당연히 없지."

상혁이 내 아랫도리를 슬쩍 보고는 물었다.

"달려는 있지?"

"……난 말이야. 취향이 달라. 너희 같은 애들 취향이 아니라고나 할까."

180살이나 먹어서 저런 어린 애를 좋아할까?

거의 손자의 손녀뻘인데.

"그럼 네 취향은 뭔데?"

"음, 아무리 힘들어도 항상 웃는 여자?"

"그게 뭐야?"

"너도 나이가 들면 알 거다. 옆에서 웃어 주는 것만으로도 얼마나 힘이 되는지. 절대로 부정적인 여자 만나지 마라. 정말 인생 힘들어지니까. 꼭 힘들어도 웃는 여자를 만나."

"……너 가끔 이상한 거 알지?"

상혁이 녀석은 이해할 수 없다는 듯 고개를 흔들었다.

하지만 언젠가 녀석도 알게 될 것이다.

언제나 긍정적이고 잘 웃는 배우자를 만나는 것이 인생 최고의 행운이라는 것을.

어쨌든 유아린은 모두의 시선을 받고 있었다.

시험 중에는 말도 못 걸던 남자 놈들도 이제 같은 학관에 다니는 동기가 된 만큼 한 번쯤 말을 걸고 싶어 하는 눈치였다.

물론 나도 유아린과 어느 정도 친분을 쌓아야 한다.

적을 알고 나를 알면 백전백승이라고 하지 않던가.

일단 유아린이 어떤 사람인지를 알아야만 한다.

나는 조금 더 유아린을 바라보다 입학식 연설을 하는 대제학(大提學)에게 고개를 돌렸다.

이 나라 교육의 정점에 있는 사람.

성무학관의 교장이기도 했다.

"유구한 역사를 지닌 성무학관에 입학한 여러분은 이 나라의 미래가 될 것입니다. 선인들과 경험이 풍부한 무사들 사이에서 임무를 나가며 남들보다 먼저 실전 경험을 익힐 것입니다."

성무학관이 뛰어난 이유 하나.

남들보다 3년 먼저 실전에·투입된다는 것이었다.

그것도 그 어떤 임무보다 안전하고, 호화로운 팀에 포함되어서 말이다.

"성무학관은 차기 지휘관을 육성하는 곳입니다. 지휘관은 모든 것을 할 줄 알아야 합니다. 여러분들은 앞으로 법, 전술, 전략, 정치, 역사는 물론 생존, 요리 같은 잡일도 배우게 될 것입니다."

저 부분은 나도 공감이다.

사령관이라고 똥 싸고 치우는 법, 나무뿌리와 흙만으로 요리하는 법, 이런 걸 모르면 고립되었을 때 짐만 된다.

사령관이 모든 것을 잘할 필요는 없다.

하지만 모든 것을 할 줄 알아야 하는 건 의심의 여지가 없다.

"또한. 각자의 가문에서 선인급 제자를 파견해 여러분들의 개인 지도를 맡을 것입니다. 모두 끊임없이 정진하여 이 나라의 별이 되길 바랍니다. 이상."

무공 수련.

대부분이 가문의 후계자, 혹은 가문에서 작심하고 키우는 인재들이었기에 가문의 무공을 배워야만 했다.

가주가 다른 가문의 무공을 사용한다는 건 말이 안 되니까.

성무학관은 다른 학관, 예를 들어 무조건 청신 가문의 무공을 배워야 하는 청신학관과는 달리 각자의 가문에서 파견한 선인에게 가문의 무공을 배울 수 있었다.

이것 또한 많은 가문이 성무학관에 도전하는 이유였다.

가문의 무공을 배우며 실전 경험을 쌓을 수 있었으니 말이다.

이윽고 대제학의 연설이 끝나고 강무성이 똥 씹은 얼굴로 들어왔다.

저 인간은 왜 또 여기 있어?

원래라면 홍의선인이 되기 위해 임무를 나갈 때가 아니던가?

표정을 보니 아무래도 입학식 때의 사건이 문제가 되어 벌을 받고 있나 보다.

나는 강무성이 좋다.

확실한 약점을 잡고 있었으니 언젠가 한 번 요긴하게 쓸 수 있을 것이다.

"다시 보는구나. 그럼 숙소 배정하겠다. 1등부터 원하는 번호를 가져가면 된다. 도면은 여기 있다. 그럼 수석 이서하부터 앞으로 나와 뽑아라."

성무학관의 숙소는 학년별로 나누어져 있었다.

'ㄷ'자로 생긴 숙소.

나는 상혁에게 말했다.

"난 저기 ㄷ의 끝인 1번 방 고를 거니까 근처로 고르려면 그렇게 해."

1번 방과 30번 방이 양 방이었다.

나는 앞으로 나가 방 열쇠를 잡았다.

그래도 30번보다는 1번이 낫지.

"열쇠를 골랐으면 바로 숙소에 가서 짐을 풀고 대기해라. 오늘 수업은 오시(오전 11시)부터 시작이니 늦지 않게 오도록."

첫날부터 수업이다.

학문 수업은 일주일에 이틀밖에 없으니 하루도 빼먹을 수 없다는 것이겠지.

열쇠를 가지고 밖으로 나온 나는 보급품을 받았다.

교복과 새로운 신분증, 그리고 교과서들이었다.

방에 도착한 나는 바로 짐 정리를 시작했다.

딱 필요한 만큼의 공간이 있는 방이었다.

침대와 책상. 낡은 수납공간이 끝인 방.

등록비를 어디다 쓰는 건지는 모르겠지만 무사의 방은 이 정도가 적당하다.

어차피 방은 잠만 자는 곳이니까.

나는 보급품에 들어 있는 입학 설명서와 시간표를 꺼내 보았다.

첫 수업은 법이었다.

"시작부터 지루한 수업이네."

군법을 주로 배우는 과목이었다.

사령관이라면 군법을 모두 알아야 했으니 말이다.

어쨌든 첫 수업부터 빠질 수는 없으니 슬슬 움직여 보자.

그렇게 밖으로 나올 때 옆방 문이 열렸다.

상혁이려나.

1번 방을 간다고 말했으니 근처 방, 가능하면 바로 옆방을 골랐을 것이다.

그렇게 바라보고 있을 때 유아린이 나오다 나와 눈을 마주쳤다.

"……."

그녀는 동그란 눈을 깜빡이다가 내 옆을 지나 교실로 향했다.

"뭐야?"

왜 내 옆방이지?

유아린은 내가 1번 방이라는 것을 확신할 수 있는 유일한 인물이었다.

성적순으로 방을 골랐고 유아린보다 먼저 고른 건 나뿐이니까.

1번 열쇠가 없어진 걸 보고도 2번 방을 골랐다는 건 의도적으로 내 옆방으로 왔다는 것을 뜻한다.

도대체 왜?

그 순간 뭔가가 내 머리에 스쳐 지나갔다.

은월단.

"설마?"

유아린이 은월단인가?

가능성이 없는 이야기는 아니었다.

최악의 학살자.

가족들은 물론 하인들까지 전부 죽이고 잠적.

5년 후 나찰과 함께 나타나 수백의 선인들을 죽이고 최후를 맞이한 최악 최강.

그녀가 만약 은월단이라면?

그래서 수석인 나를 죽이려고 옆방에 자리를 잡았다면?

갑자기 온몸에 소름이 돋았다.

"나 암살당하는 거야?"

하지만 그럴 가능성은 희박했다.

유아린 사건이 충격적이었던 것은 그녀가 전형적인 모범
생이었기 때문이었다.

반대로 말하면 그녀가 성무학관에 다닐 때는 별사건이 없
었다는 것이 된다.

나는 터벅터벅 홀로 반으로 향하는 유아린의 뒤를 바라봤
다.

휘날리는 그녀의 머리카락이 왜 더 공포스러워 보일까?

"너 뭐 하냐? 또 쳐다보고 있는 거야? 아까는 관심 없다더
니?"

"그런 관심은 없는데."

나는 상혁이를 돌아보며 말했다.

"유아린에게는 관심이 있어."

"그게 그거 아니야?"

"……아니, 그러니까."

"그럼 내가 도와주지. 절친 좋은 게 뭐냐? 어떻게든 내가
유아린이랑 너를 이어 주마."

"……그래, 고맙다."

15살짜리 놈이 얼마나 도와줄지는 모르겠지만 일단 호의
는 받아 주도록 하자.

유아린이랑 친해지는 게 먼저이니 말이다.

"서둘러야겠네."

한시라도 빨리 유아린의 정체부터 알아내야 두 다리 뻗고

잘 수 있을 것만 같다.

교실에 도착하자 유아린이 혼자 구석에 앉아 있는 것이 보였다.

'일단 상황을 볼까?'

친해지는 방법은 사람마다 제각각이었다.

일단 유아린의 성격을 정확하게 파악한 뒤 들이대도 나쁠 것이 없다.

나는 유아린의 얼굴을 볼 수 있는 먼 대각선 뒤에 앉아 상황을 살폈다.

굳이 내가 건드리지 않아도 향기로운 꽃에는 벌떼가 몰려들기 마련이었다.

그리고 첫 벌떼는 내 예상을 빗나가지 않았다.

한영수.

그리고 그와 같이 다니는 머저리 셋이었다.

한영수는 교실로 들어오자마자 유아린을 찾더니 그녀에게 다가갔다.

자신감은 좋다.

"안녕. 네가 차석 유아린이지? 나는 운성 한 씨 한영수라고 한다. 입학 순위는 무려 11등이었지."

2등에게 무려 11등이라는 말을 하다니.

거기다 가마 탄 주제에 혀가 길다.

하지만 딱 좋다.

한영수 성격이라면 수작을 걸 것이 분명했으니 유아린의 성격을 볼 좋은 기회였다.

유아린은 한영수를 슬쩍 보고는 고개를 끄덕이고 다시 책으로 시선을 돌렸다.

그게 전부였다.

한영수 따위에게 저 정도면 나름 괜찮은 대꾸를 해 준 것이라고 생각했으나 한영수는 그렇게 생각하지 않는가 보다.

"하하하, 그래. 뭐 사실 내가 엄청 유명한 가문이라 다 어려워하더라고."

그렇게 한영수가 계속 깝죽거리자 유아린은 그를 올려다보며 말했다.

"저기……."

저런 걸 옥 굴러가는 소리라고 하던가.

약간은 건조하면서도 깨끗한 목소리.

목소리마저 완벽하다.

하지만 그녀가 한 말은 비수와 같았다.

"중요한 일이야? 예습해야 해서 나중에 말해 줬으면 좋겠는데."

순간 한영수와 그의 패거리 모두가 얼어붙었다.

다들 무시 한 번 당하지 않고 살아온 아이들이다.

이들은 작은 무시에도 큰 상처를 받았고 길길이 날뛰었다.

"와, 저 또라이 또 날뛰겠네."

상혁이가 그렇게 말했으나 내 생각은 반대였다.

"아무것도 못 할걸?"

"한영수 쟤 지 무시하는 거 가장 싫어해. 완전 난리가 난다고."

"그래도 아무것도 못 해. 유아린이 예쁘니까."

한영수의 반응은 내 생각대로였다.

"아, 그래? 하긴, 곧 수업 시작하지? 하하하. 미안."

적당히 예뻐야지.

유아린은 웬만한 남자는 기를 못 펼 정도로 압도적인 외모였다.

상혁이는 한영수가 당해서 재밌다는 듯 말했다.

"도도하네."

"그런 건 아닌 거 같은데?"

"저게 도도한 게 아니라고? 완전 도도의 극치인데."

15살짜리 꼬마들이야 저걸 도도하다고 말할 수 있겠지.

하지만 내가 본 유아린은 조금 달랐다.

말의 속뜻을 이해하기 위해서는 억양, 말투, 표정까지 모두 살펴야만 한다.

15살짜리 애송이들이야 그럴 여유도, 식견도 없겠지만 난 다르다.

유아린은 상대를 무시한 것이 아니었다.

순수하게 예습해야 하니 중요한 일이 아니면 나중에 말을 걸라고 말한 것.

한마디로 요약해 유아린은 도도한 게 아니라…….

"사회성이 없네. 아니, 정확히 말하면 친구를 만들 생각이 없나?"

6개월 뒤 학살자가 되는 여자.

정체를 숨기기 위해서는 친구를 만들어서는 안 되겠지.

난 그렇게 생각하다 고개를 흔들었다.

'확정을 짓지 말자.'

부정적으로든, 긍정적으로든 선입견을 품을 수 없다.

이번 경우 정보는 한정적이었고 나는 유아린에 대해 모른다.

'일단 어떻게든 친해져 볼까?'

그래야만 뭔가를 알아내도 알아낼 수 있을 테니 말이다.

다행히도 아직 시간은 있다.

6개월.

내가 회귀하고 성무학관에 입학할 때까지의 시간보다도 더 많은 시간이었다.

서두르지 말자.

급하게 서두르면 될 일도 안 되는 법이니까.

나는 유아린을 바라보다 교실로 들어오는 선생님에게로 시선을 돌렸다.

천천히 가자.

그렇게 6개월간의 준비 기간이 시작되었다.

◆ ◈ ◆

수업이 끝나고 방으로 돌아온 나는 계획을 정리하기 시작했다.

처음 회귀했을 때는 성무학관에 입학하는 것만으로도 정신이 없어 그 이후의 계획까지 짤 여유가 없었다.

이제 성무학관에도 들어왔으니 이 이후에 일어날 일들을 한번 정리하고 가야만 했다.

첫 번째로 유아린이다.

가장 가까운 시일 내에 일어나는 주요 사건이었다.

회귀 전 나는 이렇게 계획했었다.

가능하다면 유아린의 학살을 어떻게든 막는다.

그러나 만약 유아린의 학살이 피할 수 없는 필연이라면 학살이 일어나기 전에 유아린을 죽인다.

"……회귀 전에는 그래도 냉정하게 생각할 수 있었는데. 써 놓고 나니까 좀 그러네."

회귀 전. 난 유아린에 대해 아는 것이 전혀 없었다.

생김새도, 목소리도 그 무엇도.

누군가를 죽인다는 건 익숙해지지 않는 법이었다.

하지만 냉정해지자.

냉정하게 판단하고 최악만을 피하자.

이번 인생은 절대로 실패해서는 안 된다.

나뿐만이 아니라 이 나라 모든 이들을 위해서라도.

"그럼 최종 목표를 유아린으로 잡고 가자."

그녀를 구원할 수도, 죽일 수도 있는 것으로.

그렇다면 그 목표를 위해 뭐가 필요한가?

바로 힘이다.

유아린을 구원하든 죽이든, 그 계획을 실행할 힘이 필요하다.

지금까지 미친 듯이 달려왔지만 그것만으로는 부족해도 한참 부족하다는 뜻.

"또 미친 듯이 수련이네."

성무학관에 합격하고 하루, 이틀 쉬었으면 이제 다시 달려야 한다.

'곧 할아버지가 괜찮은 사형을 보내 주겠지만……'

청신 가문의 무공.

일검류(一劍流).

이름처럼 그 원리도 간단한 무공이었다.

일검으로 상대를 반드시 죽이는 단순하고도 파괴적인 무공.

선조들의 무공을 할아버지가 고쳐 만든 것으로 현재 이 나라에서 가장 인기가 많은 무공이었다.

청신학관에서는 제자들에게 이 일검류를 가르친다.

그리고 나 또한 곧 도착할 사형에게 이를 배울 것이다.

하지만 일검류로는 안 된다.

무공 자체가 약하다는 것은 아니다.

할아버지는 일검류로 제일검(第一劍) 칭호를 받을 정도였으니까.

하지만 나에게는 안 맞는 무공이라는 것이다.

이유야 많지만 간단하게 말해 내가 재능이 없기 때문이다.

일검류는 효율이 정비례하는 무공이다.

사용자가 강해지면 강해질수록 이 무공은 더욱 강해진다.

한계가 없으나 속임수도 없다.

정직하게 수련한 만큼 강해지는 검법.

이걸로는 나찰을 이길 수 없다.

아니, 나는 이길 수 없을 거다.

일검류는 일격필살로 놔두고 다른 무공을 배워야 한다.

"낙월검법을 시작할 때가 됐네."

낙월검법(落月劍法).

지금은 사라진 과거의 검법이었다.

나의 기본 심법인 신로심법이 미래 기술의 결정체였다면 낙월검법은 과거의 전설이었다.

수백 년 전. 인간과 나찰이 전쟁을 하던 그때.

나찰은 인간보다 강했다.

이유야 여러 가지 있었지만 핵심적인 이유는 그들이 인간보다 극단적인 종족이기 때문이었다.

인간의 내공은 음양의 조화가 이루어져 있었다.

사람마다 다르지만 각 비율은 5할을 크게 벗어나지 않는 법이었다.

오히려 벗어나면 문제가 된다.

음의 기운이 올라가면 몸이 차가워져 온갖 병에 걸리고 양의 기운이 늘어나면 몸이 기운을 버티지 못하고 문제를 일으키며 빨리 늙게 된다.

하지만 나찰은 달랐다.

음의 기운이 8할 정도는 되었고 이는 전투에서 더 효과적이라는 뜻이었다.

인간이 사용하는 음의 기운은 나찰의 더 강력한 기운에 흡수되었고 양의 기운은 압도적인 음기에 짓눌렸다.

그래서 만들어진 것이 낙월검법.

극양(極陽)의 검법이었다.

나찰이 음기로만 싸운다면 인간은 그 대척점에 있는 양기로만 싸우면 된다는 생각에서 나온 검법이었다.

그리고 이는 적중했다.

음기를 강제로 양기로 바꾸어 운용한 덕분에 나찰과 같은 힘을 얻을 수 있었고 이는 전황을 뒤집을 만큼 강력했다.

안 그래도 숫자가 많았던 인간은 이 낙월검법 사용자들을 앞장세워 나찰을 몰아낼 수 있었다.

하지만 부작용은 심했다.

낙월검법의 사용자들은 극양의 기운을 사용하느라 내부 장기가 전부 늙어 버렸고 수명도 40을 넘기지 못했다.

부작용이 심한 만큼 나찰을 몰아낸 뒤에는 배울 필요가 없는 무공이었기에 점점 사장되어 지금은 상징적인 의미로만 남아 있는 무공이었다.

그리고 난 이 무공을 배울 생각이다.

회귀 전, 난 세상의 모든 고분과 비고를 털었다.

그러던 중 낙월검법의 비급을 발견했고 회귀 후 꼭 배우겠다는 일념 하나로 달달 외웠다.

첫 문장부터 마지막 문장까지.

매일 비급을 한 번씩 읊은 덕분에 지금도 처음부터 끝까지 말할 수 있었다.

그럼 이제 시작해 보자.

사라진 전설의 무공을 배울 때다.

"그럼 먼저 극양신공(極陽神功)을 수련해야지."

낙월검법의 기본.

체내의 음기를 양기로 바꾸는 심법이었다.

막상 시작하려니 죽으러 가는 느낌이다.

40살까지 살 수 있다면 지금부터 남은 인생은 25년 정도.

그 시간이 얼마나 짧은 시간인지 아는 나는 죽음이 눈앞에 있는 것처럼 느껴졌다.

"괜찮아. 부작용 없애는 방법은 알고 있으니까."

방법은 간단하다.

양기를 가지고 있지 않고 그냥 뿜어내는 것이다.

그럼 몸은 자연스럽게 음양의 조화를 맞출 것이다.

즉, 전투할 때 빼고는 내 몸의 음양의 균형이 무너질 일이 없다는 것이다.

수련할 때는 바로바로 뱉어 낼 거니까.

그래도 어느 정도 부작용은 남겠지만 이번 생은 오래 살 생각이 없다.

전생에 180까지 살았으면 충분하지 뭐.

생각을 마친 나는 옷을 갈아입고 연무장으로 향했다.

겨울이 지난 지 얼마 되지 않아서인지 유시(오후 5시)에도 해가 넘어가고 있었다.

그래서 실기 시험이 더 힘들었다.

그래도 4월이 가까워져 오니 슬슬 입김도 잘 나오지 않는다.

수련하기에는 딱 좋은 계절이다.

그렇게 연무장에 도착한 나는 피식 웃었다.

"역시 비어 있네."

연무장은 텅텅 비어 있었다.

오늘 수업은 세 시진 동안 쉼 없이 진행되었다.

이걸 복습하려면 다들 머리 좀 아플 것이다.

"익숙해질 때까지는 좀 걸리겠지."

하지만 나는 복습할 필요가 없다.

이게 다 예습을 잘해서 그런 거다.

무려 180년 동안 예습한 셈이니까.

어쨌든 나는 다른 아이들보다 시간이 많은 셈이다.

"여기쯤에서 할까?"

연무장 바닥은 단단하게 포장되어 있었다.

나는 연무장 구석에서 목검을 하나 가져온 뒤 돗자리를 깔고 앉았다.

오래 앉아 있으면 엉덩이가 시리다.

훗날 치질로 고생하고 싶지 않으면 미리미리 잘해 두자.

모든 준비는 끝났다.

그럼 이제 극양신공(極陽神功)을 시작하자.

이론만 알고 처음 시도하는 수련이었기에 신로심법처럼 쉽게는 되지 않았다.

체내의 음기(陰氣)와 양기(陽氣)를 정확하게 분리해야 한다.

일단 몸에 있는 기를 하나로 모은다.

천로를 수련하면 몸에 퍼져 있는 기의 위치를 정확하게 파악할 수 있었기에 쉽게 기를 단전에 모을 수 있었다.

그다음이 음기와 양기를 분리하는 것이다.

'이건 어렵네.'

뭐든 쉬운 게 있겠는가?

대(對)나찰전 최강의 무공이다.

쉽게 배울 수 있다면 그것도 말이 안 된다.

나는 정신을 집중했다.

약 반 시진 후 음기와 양기를 어느 정도 분리할 수 있었다.

그 후에는 간단하다.

양기는 단전에 놔두고 음기만 심장으로 올리는 거다.

심장은 인간의 몸에서 가장 양기를 많이 지닌 장기였다.

양기가 9할, 음기가 1할도 안 되는 곳이 바로 심장이다.

그곳에 음기가 한 번에 유입되면 어떻게 될까?

심장은 음양의 균형을 맞추기 위해 유입된 음기를 전부 양기로 바꾼다.

"으음……!"

인상이 절로 찌푸려진다.

심장에서 왜 이런 미친 짓을 하냐며 따지는 것만 같았다.

박동수가 순식간에 2배로 뛰었고 온몸의 피가 역류하는 기분이었다.

식은땀이 절로 난다.

'이렇게 어려운 거였어?'

이러다 죽겠다 싶을 때 음기가 전부 양기로 바뀌었다.

이 순간 내 몸은 양기 7할 음기 3할의 상태가 되었다.

온몸에는 힘이 샘솟았고 마약이라도 한 듯 피로가 날아갔다.

이것이 낙월검법의 기본 상태.

수명을 담보로 신체의 효율을 극한으로 올린 상태였다.

여기에 취해 오래 유지하면 유지할수록 내 몸은 망가질 것이었다.

나는 바로 눈을 뜨며 일어나 양기를 뿜어내기 시작했다.

뿜어내는 방법은 그래도 간단하다.

나는 준비해 둔 목검을 들고 양기를 담아 휘두르기 시작했다.

순수한 양기만을 받은 목검은 황금빛으로 이글거렸고 나는 아끼지 않고 기를 내뿜었다.

그렇게 약 1분.

만들어 놓은 양기를 다 써 버린 나는 돗자리 위에 누웠다.

좀 전의 상쾌함은 불쾌함이 되어 돌아왔다.

오히려 그냥 내공을 사용했을 때보다도 더 불쾌하다.

"이게 후유증이구나."

비급에도 후유증에 관한 내용이 나와 있었다.

양기는 마약과도 같아 한 번 맛보면 쉽게 끊을 수 없다고 말이다.

"이해가 간다. 이해가 가."

시체처럼 누워 있던 나는 어느 정도 회복한 뒤 몸을 일으켰다.

"그나저나 이러고도 1분인가."

내공의 절대량이 그만큼 적다는 뜻이었다.

"그리고 양기를 만드는 데 반 시진이나 걸리고 말이야."

어떤 적이 반 시진이나 기를 분리하고 양기로 변환하는 시간을 주겠는가?

"6개월 뒤에 쓸 수 있으려나?"

모른다.

그냥 계속 수련하는 수밖에.

그렇게 생각할 때 희미한 기운이 느껴졌다.

연무장 뒤편.

누군가가 수련을 하는 듯싶다.

첫날부터 수련할 만한 인물이라면 상혁이 혹은 유아린이 아닐까?

'한번 슬쩍 볼까?'

회귀 전에는 반평생 이상을 혼자서 수련했다.

솔직히 혼자 수련하는 건 재미없다. 아니, 정확히 말하면 혼자 수련하면 나만 고생하는 것 같지 않은가.

다른 사람이 고생하는 걸 보고 싶다.

'할아버지는 웃으면서 수련해서 동병상련 느낌이 아니란 말이야.'

할아버지는 인간이 아니니 빼 버리자.

그렇게 생각한 나는 기운이 느껴지는 쪽으로 향했다.

연무장 가운데에는 누구나 휴식할 수 있는 작은 전각이 있었기에 다른 생도들의 수련을 지켜보는 건 쉬운 일이었다.

난 전각의 위로 올라가 누가 수련하고 있나 살폈다.

그리고 저 멀리 검은 머리의 소녀가 보였다.

역시 예상대로 유아린이다.

그녀는 가만히 눈을 감고 심법을 수련하고 있었다.

어떤 심법인지는 모르겠으나 꽤나 진지하다.

하지만 기운이 엉키고 있다.

왜지?

꽤나 격정적인 심법인지 유아린의 기운이 밖으로 느껴지고 있었다.

그런데 양기와 음기가 조화를 이루는 것이 아니라 날뛰는 음기를 억누르는 듯한 모양새였다.

저건 수련이 아니다.

그저 날뛰는 기운을 잠재우기 위해 운기조식을 할 뿐.

꽤 능숙한 걸 보면 지금까지 자주 해 온 모양이다.

'음기가 날뛰는 체질이라……'

양기가 많으면 조증이 오지만 음기가 많으면 우울증이 온다.

'저게 학살의 원인인가?'

우울증은 극단적인 선택의 이유가 되기도 한다.

물론 음기가 날뛰는 것이 학살의 이유라고 확정 지을 수는 없다.

하지만 조금이라도 관계가 있어 보이는 건 사전에 없애는 것이 좋다.

그렇게 한참 운기조식하던 유아린은 지친 얼굴로 눈을 뜬 뒤 자리에서 일어났다.

난 전각 위에서 그녀에게 말했다.

"매일 그런 거야?"

"……!"

화들짝 놀라는 유아린.

누가 보고 있을 거라고는 생각지 못한 것만 같다.

나는 전각에서 뛰어내린 뒤 그녀에게 다가갔다.

"첫날인데 수련 나온 거야? 나도 그런데."

"그래?"

유아린은 건조하게 대답하고는 몸을 돌렸다.

여전히 차가운 아가씨다.

나는 그런 그녀에게 말했다.

"언제까지 그렇게 음기를 억누를 수 있을 거 같아? 언젠가는 너를 집어삼킬걸?"

유아린은 가만히 나를 볼 뿐이었다.

무표정한 듯싶었으나 그녀 또한 내 말에 동의한 듯싶었

다.

"······할 말은 그게 다니?"

"이게 다면 꼰대게?"

나는 빙긋 웃었다.

난 충고 같지도 않은 충고를 하고 해결법은 안 가르쳐 주는 꼰대가 아니다.

"나한테 음기를 주는 건 어때?"

"뭐?"

"쓰지도 않을 거 기부해. 나 그거 필요하거든."

누이 좋고 매부 좋고, 너도 좋고 나도 좋고.

유아린은 눈을 동그랗게 뜨고 나를 바라봤다.

"지금 뭐라고 했어?"

"음기를 달라고."

"······."

유아린은 당황한 얼굴로 입만 뻥긋거렸다.

왜 저럴까?

음기를 달라는 게 그렇게 이상한 말은 아닌······.

"잠깐. 무엇을 생각하고 있든 그건 아니야."

다시 생각해 보니 큰일 날 뻔했다.

양기와 음기를 나누는 법.

그중 가장 대표적인 것이 있다.

바로 남자와 여자의 그렇고 그런 행동이다.

그냥 그렇고 그런 행동이라고만 알아 두면 된다.

그렇고 그런 행동…….

하지만 이번에는 아니다.

"그거 아니야. 알았어? 나 변태 아니다."

"……그럼 뭔데?"

유아린은 살짝 뒷걸음질 쳤다.

이해한다.

충분히 오해할 만하다.

천천히 설명해 주자.

이번에는 오해하지 않게.

"내가 배운 기본 심법이 신로심법이라는 건데. 이걸 배우면 남의 기운을 받을 수 있거든. 내 기운을 넣어 줄 수도 있고."

유아린은 고개를 끄덕였다.

"대부분 그렇지. 그런데 그러면 음양의 기운이 다 들어가잖아. 그래서 그…… 그…… 그걸로 나누고."

"아니, 그걸로 안 나눈다고!"

얘기를 그쪽에서 좀 빼낼 필요가 있다.

유아린의 말대로 보통 기를 불어넣어 준다고 할 때 음과 양, 둘 중 하나를 선택해서 넣어 주거나 받을 수는 없다.

하지만 신로심법은 가능하다.

괜히 미래의 기술이겠는가?

신로심법은 몸의 혈맥과 기맥을 모두 밝히고 단련하는 심법이다.

양기만 운용하는 것도, 음기만 남에게 주입하는 것도 가능하며 자체적인 거름망을 만들어 원하는 기만 받는 것도 가능하다.

"말로만 하면 믿을 수 없을 테니까 한번 보여 줄게. 그럼 일단 손목을 잡아도 될까?"

유아린은 불안한 얼굴로 천천히 손목을 내밀었다.

아직도 그렇고 그런 걸 생각하나 보다.

나는 얼른 그녀의 손을 잡았다.

빨리 보여 줘야 제대로 오해를 풀 수 있을 테니까.

"자, 이제 나한테 기를 불어넣어 봐."

"그냥 하면 돼?"

"응. 내가 알아서 걸러 받을 거야."

"……알았어."

유아린은 눈을 감고 집중했다.

그녀의 기운이 나의 손을 타고 들어오기 시작했다.

나는 오직 음기만 받기 위해 양기는 지나갈 수 없는 막을 생성했다.

이윽고 음기가 들어오는 것이 느껴졌다.

"아아……."

잠깐, 나도 모르게 이상한 소리가.

나는 얼른 손을 떼고 호탕하게 웃었다.

"하하하, 방금 느꼈지? 너한테서 음기만 빠져나가는 거."

"어. 느꼈어."

유아린은 손목을 부여잡고 고개를 끄덕였다.

약간은 감동받은 얼굴.

다행히도 내가 낸 신음(?)은 듣지 못한 것만 같았다.

"이렇게 네가 나한테 음기를 주면 난 그거 가지고 지금 연습하는 신공을 수련할 수 있어. 너도 좋고 나도 좋고. 상부상조."

"⋯⋯응."

유아린은 손목을 만지작거리다 말했다.

"근데⋯⋯."

"어. 뭐 물어보고 싶은 거 있으면 물어봐. 다 대답해 줄게."

"음기가 들어가면 기분이 좋아?"

"⋯⋯."

"아니, 그냥 물어보는 건데⋯⋯ 아니야. 그냥 못 들은 거로 해. 난 가 볼게."

"어? 어, 그래. 가 봐. 잘 가."

유아린이 도망치듯 사라진다.

그리고 나의 평정심도 도망치듯 날아가고 있었다.

"아⋯⋯."

갑자기 삶에 회의감이 든다.

"자살할까?"

보름달이 뜬 날.

회귀 후 처음으로 죽고 싶다는 생각이 들었다.

◆ ◈ ◆

은월단(隱月團).

비단옷을 입은 남자는 나풀거리며 서재로 향했다.

20대의 청년.

경매장에서 이강진과 함께 청자를 놓고 다투었던 인물.

그의 이름은 이주원.

가문은 없었다.

서재 안으로 들어간 이주원은 사과를 하나 집어 먹으며 주인을 기다렸다.

그렇게 한참을 기다리자 안경을 낀 남자가 들어왔다.

"여, 선생 양반. 어딜 그렇게 나갔다 와?"

젊은 남자는 이주원을 힐끗 보고는 바로 그의 앞으로 걸어와 앉았다.

"일이 좀 있었습니다. 성무학관에 입학한 아이들 명단은 나왔습니까?"

"그럼, 다 알아 왔지. 순위는 덤이야. 내 손님 중에 성무학관 애 엄마가 있더라고. 만나 준다니까 다 적어 왔더라?"

이주원은 은월단의 정보통이었다.

그는 기방을 운영했으며 동시에 자신도 현역으로 뛰고 있었다.

"여기, 합격자 목록."

이주원은 속옷을 하나 꺼내 내밀었다.

선생이라 불린 남자는 인상을 찌푸리며 그것을 살폈다.

"꼭 이런 것에 적어야 했습니까?"

"그 아줌마가 그렇게 적어 온 걸 나한테 어쩌라는 거야? 뭐 옮겨 적어서 가져왔어야 했나? 원본이 너도 좋잖아."

"……네. 수고하셨습니다."

선생은 바로 목록을 위에서부터 읽어 내려갔다.

아니, 읽어 내려가려고 했다.

하지만 그는 첫 번째 이름에서 멈출 수밖에 없었다.

"이서하…… 청신이군요."

"그래, 그 만년하수오 가져간 가문. 이강진이 손자."

"수석이라고요? 청신에 그런 아이가 있다는 말은 들은 적이 없는데요."

"그러니까 말이야. 나한테 정보가 안 들어왔거나 혹은 갑자기 솟아오른 인물이거나. 둘 중 하나겠지?"

"성무학관이 1년 열심히 한다고 들어갈 수 있는 곳입니까?"

"그건 아니지."

"그럼 신기하네요. 최소한 1년 전이라도 두각을 보였어야 하는데⋯⋯."

선생은 가만히 생각하다 말했다.

"만년하수오를 이서하가 먹었을 가능성은 얼마나 될 거 같습니까?"

"난 몰라."

이주원은 자리에서 일어나며 말했다.

"그런 건 선생이 생각해야지. 난 정보통일 뿐이고."

"변수는 싫으니 제거하도록 하죠."

"이야, 결단 빨라. 그런 부분이 참 좋아. 선생은. 만년하수오 뺏겼을 때도 시원하게 포기했고."

"이강진과 싸울 수 없으니까요. 아직은."

선생은 그렇게 말하고는 편지를 적었다.

"이걸 백두검귀(百頭劍鬼)에게 전해 주세요."

"꽤 강한 패를 쓰네? 고작 학생 하나 죽이는데."

"성무학관에 잠입해서 이서하를 죽이고 빠져나올 만한 인물이어야 하니까요. 한 3개월 뒤 신입 생도들이 실습을 나갈 겁니다. 그때 움직여 달라고 하세요. 자세한 건 이주원 방주님이 알아봐 주시고."

"그래, 전해 줄게. 일이 갑자기 많아졌어. 쩝."

"아⋯⋯ 그리고 잠시만. 중요한 걸 안 적었네요."

선생은 나가려는 이주원에게 말했다.

"임무에 거슬리는 다른 아이들은 죽여도 되지만 유아린은 절대로 건드리지 말라고 해 주세요."

"유아린? 차석?"

"네."

"걔는 왜?"

선생은 잠시 생각하다 미소를 지으며 말했다.

"그녀는 우리 편이니까요."

Chapter 6.

Chapter 6.

다음 날.

신입 생도들은 모두 숙소 앞 공터에 모였다.

오늘 도착할 각 가문의 선인급 교관들을 맞이하기 위함이
었다.

내가 하품하고 있자 상혁이가 옆으로 와 물었다.

"너 왜 피곤해 보이냐? 수련했구나?"

"어? 어. 수련은 했는데. 잠이 안 오더라고."

잠이 올 리가 있나.

절대로 흑역사는 만들지 않겠다고 그렇게 다짐했건만 어
제 인생 최악의 흑역사가 만들어졌다.

이불만 한 20번은 찬 것만 같다.

앞으로 2,000번은 더 차겠지.

"음기가 기분이 좋은 거였구나. 몰랐어."

"뭐라고?"

"아무것도 아니야. 애들은 몰라도 돼."

"……너도 애야. 서하야."

"네가 뭘 알겠냐?"

상혁이 녀석도 언젠가는 알게 될 것이다.

이 어른들의 느낌을.

어쨌든 오늘부터는 각자의 가문에서 보내 준 선인급 사형에게 개인 교습을 받는다.

일주일에 오직 이틀만 학문 수업을 받았고 나머지 5일은 알아서 개인 교관과 무공 수련을 하는 것이다.

여기서 나를 비롯한 대부분의 생도들은 선택지가 정해져 있다.

각자의 가문 무공을 배우는 것이다.

대부분 후계자, 혹은 가문의 핵심 인물로 키우기 위해 비싼 돈을 줘 가며 성무학관에 오는 것이다.

그런 아이들이 다른 가문의 무공을 배울 리가 없다.

하지만 딱 한 명.

거기에 해당하지 않으면서 성무학관에 입학한 사람이 있다.

바로 한상혁.

이놈이다.

"넌 어쩔 거냐?"

"청신에서 배워야지. 해 주신 게 있는데."

상혁이 녀석은 표정이 좋아 보이지 않았다.

사생아에 하인 취급을 받아도 그는 한 씨 성을 가진 운성 집안의 사람이었다.

운성의 무공도 나쁘지 않았다.

그들이 괜히 대가문이겠는가.

과거에는 존경할 만한 위인도 많이 배출하고 그랬다.

지금이 나쁜 시기일 뿐.

'아니지. 상혁이만 잘 키웠어도 지금도 괜찮은 시기지.'

이미 썩어 버린 호수에는 대어가 나올 수 없는 법이다.

하지만 핏줄이란 쉽게 버릴 수 있는 것이 아니다.

"운성이 사용하는 무공이 분명 천뢰쌍검(天雷雙劍)이었지? 그거 배우고 싶어서?"

"어? 아니, 그냥. 아빠는 어떤 무공을 썼나, 그게 궁금해서. 본가에서는 구경도 못 하게 했거든."

운성이라면 그럴 수 있다.

아무리 사생아라도 상혁이가 한영수보다 커 버리면 후계자 구도가 이상하게 되지 않겠는가?

상혁이 녀석은 내 눈치를 보고 있었다.

친구라고 해도 후원자나 다름없었으니 그럴 수밖에.

이럴 때는 나이 많은 사람이 지혜롭게 상대가 원하는 것을 권해 줄 줄도 알아야 한다.

"그럼 배우지 그래? 두 개 배워도 되잖아. 너는 운성 수업을 들을 자격이 있고."

"그래도 돼?"

"웅. 하지만 제대로 가르쳐 주지는 않을 테니 무조건 일검류도 배워야 해. 수련도 일검류 쪽을 더 열심히 하고."

"물론 그럴 거야. 그냥 보고 싶어서. 아빠가 어떤 무공을 사용했는지."

난 기쁜 표정을 숨기지 못하는 녀석을 바라봤다.

아마도 운성은 상혁이에게 아무것도 가르쳐 주지 않을 것이다.

하지만 상관없다.

자기들 가문에서 하는 것처럼 내쫓을 수는 없고 기껏 해봤자 옆에 앉혀 놓는 것뿐일 텐데 그 정도면 충분하다.

상혁이의 재능이라면 보는 것만으로도 충분히 천뢰쌍검을 배울 수 있을 테니까.

그때 뒤에서 한영수의 목소리가 들렸다.

"내가 유아린 찜했으니까 너희들 건드리지 마라."

"방법이라도 있냐?"

"수련 같이 도와주고 공부 도와주고 그러면 금방이야. 나 운성의 한영수다. 나 몰라?"

"알지. 이 새끼야."

어후.

어이가 없어서 실소가 나온다.

나는 한영수 패거리를 보다가 웃으며 말했다.

"병신들."

그런데 그게 들렸나 보다.

사실 들으라고 크게 말했다.

15살이면 자기들 주제를 알아야 할 때도 되었다.

"야, 너 뭐라고 했냐?"

한영수가 바로 반응하며 말했다.

나는 한영수를 돌아보며 바로 가혹한 진실을 알려 주겠다.

"유아린이 차석인데 너 따위한테 도움을 받겠냐? 정신 차려. 유아린이 너보다 공부도 잘하고, 싸움도 더 잘해."

한영수는 발끈해 내 앞으로 걸어와 말했다.

"공부를 잘한다고 다 아는 게 아니고, 차석이라고 싸움을 잘하는 것도 아니야. 너 따위가 수석인 거 보면 모르겠냐?"

"내가 수석이니까 잘 알지. 적어도 가마 타고 합격한 너보다는 잘 알지 않겠냐?"

"누가 가마를 타? 누가? 어?"

"안 탔다고?"

"안 탔어. 걔들은 보험이야. 그중 하나는 네가 데리고 갔고."

한영수는 상혁이를 노려보고는 말했다.

"왜? 너도 유아린 좋아하냐?"

"뭐?"

"그러네. 이 새끼도 좋아하네. 어떡하냐? 나 운성의 한영수 여자인데. 포기해라."

저 근거 없는 자신감은 어디서 나오는 것일까?

한번 머리를 열어 생각을 좀 들여다보고 싶다.

180살을 살아도 15살짜리의 생각을 읽을 수 없다니.

인간은 참 심오한 것만 같다.

그때였다.

"저기……."

감정 없이 메마른 목소리.

진한 풍란 향에 내 고개가 저절로 돌아갔다.

아침의 유아린은 어젯밤보다 혈색이 좋아 보였다.

"어……."

내가 대답하려는 그 순간.

한영수가 끼어들었다.

"안녕, 좋은 아침이야."

유아린은 한영수를 힐끗 보고는 바로 나에게 고개를 돌리며 말했다.

"어젯밤에 했던 거. 그거 또 가능해?"

순간 한영수의 표정이 굳었다.

어젯밤에 했던 것.

딱 들어도 뭔가 대단한 것을 한 느낌 아닌가?

사실은 그냥 기를 좀 주고받았을 뿐이지만 말이다.

나는 한영수를 보며 승자의 미소를 지었다.

오해하게 놔두자.

"당연하지. 그럼 같은 시간에 그 장소에서 보자."

"응. 그렇게."

유아린은 고개를 끄덕이고는 멀어지다 뭔가를 잊은 듯 나를 돌아봤다.

"아, 그리고…… 좋은 아침."

인사는 한영수가 했는데 대답은 나에게 해 준다.

나는 멍하니 유아린을 바라보는 한영수의 어깨에 손을 올리며 말했다.

"포기해. 이미 끝났어."

"손 치워!"

한영수는 내 손을 쳐 내고는 자기 패거리로 돌아갔다.

불쌍한 놈.

나는 손을 흔들며 녀석을 위로해 주었다.

"울지 마. 남자 새끼가 이런 거로 우는 거 아니다."

좋은 위로가 되었을 거 같다.

아침의 소동 뒤 얼마 지나지 않아 교관들이 하나둘 도착했다.

대부분 수도에서 임무를 수행 중이던 선인이기에 성무학관에 오는 건 어렵지 않았다.

나를 가르치러 온 것은 청신의 제자 중 한 명이며 현재 백의선인인 37살의 남자였다.

"안녕하십니까, 도련님. 오랜만에 뵙는군요."

"사형에게 인사드립니다."

나는 공손하게 인사했다.

백의선인. 박동준.

청신 가문의 사람은 아니었으나 청신학관 출신으로 청신에 충성을 다하는 사람이었다.

'박동준이라면 할아버지와 함께 죽었던 사람이네.'

현재 청신 가문은 두 가지 세력이 있다.

가주이자 청신의 기둥인 할아버지. 이강진을 따르는 세력.

미래의 가주가 확실한 이건하를 따르는 세력.

보통 젊은 이들은 건하 형님을 따랐고 나이가 조금 있거나 할아버지를 존경하는 무인들은 할아버지를 따랐다.

박동준은 그중에서도 충신 중의 충신이라고 할 수 있었다.

이런 사람을 붙였다는 건 할아버지가 그만큼 나에게 거는 기대가 크다는 거다.

"성무학관 입학을 축하합니다, 도련님."

"감사합니다. 사형도 말을 편하게 해 주시길 바랍니다. 이제 저의 스승님이 되었는데요."

"하하, 그냥 교관일 뿐입니다."

그렇게 덕담을 나눈 뒤 박동준은 옆에 있는 상혁이에게로 시선을 돌렸다.

"그쪽은 서하 도련님의 친구라고 들었습니다만."

"네, 한상혁이라고 합니다. 열심히 배우겠습니다."

한상혁은 온몸에 멍이 들어 있었다.

천뢰쌍검의 수련은 오시에(오전 11시) 시작해 미시에(오후 1시)에 끝났다.

나는 상혁이가 두 가지 수업을 모두 들을 수 있도록 일검류 수련 시간을 신시(오후 3시)부터 유시(오후 5시)로 바꾸어 주었다.

즉 저 멍들은 전부 천뢰쌍검을 배우는 와중에 생긴 것이다.

동준 사형도 멍을 바라보고 있었으나 빙긋 웃으며 말했다.

"네, 서하 도련님과 좋은 친구가 되어 주시길 바랍니다."

"저에게는 말을 높이실 필요가 없습니다."

"서하 도련님의 친구인데 그럴 수는 없죠. 심려치 마십시오. 말은 높이고 있지만 수련은 엄격하게 진행할 것입니다."

"네! 열심히 하겠습니다."

"그럼 바로 시작할까요?"

나는 고개를 끄덕였다.

일검류.

사실 일검류를 수련해 본 적은 없다.

과연 어떤 수련법을 사용할까?

그렇게 생각할 때 박동준이 익숙한 검 하나를 꺼냈다.

아니, 검이 아니라 막대기라고 하는 게 맞을 거다.

"도련님은 아시는 눈치네요."

"그거 몇 근이죠?"

"50근(30kg)입니다."

휴우. 고작 50근인가?

다행이다.

"이건 친구분 것입니다. 가져가시죠."

"……."

상혁이는 50근짜리 검을 받아 들고는 이게 뭐냐는 듯이 나를 바라봤다.

"서하야? 이거 뭐야? 이게 검이야?"

"묻지 마. 나 지금 심각하니까."

"왜?"

"그건 네 거라잖아."

긴장된다.

도대체 뭘 줄까?

"그럼 내 건 얼마나 무거운 거야?"

그 순간 동준 사형이 검에 추를 달기 시작했다.

원판형 추는 검에 쏙 들어가 고정되었다.

저 추 하나에 25근(15kg)이다.

그게 하나, 둘, 셋, 넷 들어간다.

박동준은 추를 단단히 고정한 뒤 나에게 건넸다.

"서하 도련님은 100근을 졸업하셨다고 들었습니다. 그래서 150근을 준비했습니다. 그럼 땅에 내려놓겠습니다."

150근(90kg).

이제 이걸 휘둘러야 한다.

"아……."

저걸 여기서 또 볼 줄이야.

그렇게 반 시진 동안 격한 준비 운동을 한 나와 상혁이는 본격적인 수업에 들어갔다.

"일검류는 7개의 초식과 보법만 배우면 끝입니다. 쉽고 정직한 무공이죠. 그럼 먼저 보법을 알려 드리겠습니다."

일검류에 있어 보법은 시작이자 끝이다.

단 일격으로 적을 죽일 수 있는 방법은 여러 가지.

반응하기도 힘든 속도로 선공을 가할 수도 있고 적의 공격을 피하다 허점을 노리는 방법도 있다.

이를 가능케 하는 것이 보법.

할아버지는 초식보다도 보법에 더 많은 신경을 쏟았고 그렇게 공수 완벽한 보법을 만들 수 있었다.

이름하여 공시대보(攻時待步)라고 불리는 보법이다.

공격할 때를 기다리는 보법이라는 뜻이다.

이 보법으로 적의 공격을 피하고, 혹은 중심을 무너트리며 공격의 때를 잡는 것이다.

사형은 이 공시대보의 비급을 나와 상혁이에게 건네주며 말했다.

"그럼 이 공시대보(攻時待步)가 적힌 책자를 드릴 테니 다음 시간까지 기본 보법들을 1,000번 반복해서 연습해 오시길 바랍니다."

"네, 천 번……."

나는 고개를 들어 동준 사형을 바라봤다.

"천 번이요?"

"네. 천 번입니다."

"다음 시간은 내일모레까지입니다만."

"네, 내일모레까지 1,000번씩 연습해서 와 주세요. 1,000번을 연습해 오신다면 그때는 첫 번째 초식인 용섬(龍閃)을 알려 드리지요."

"……."

뭐가 문제냐는 듯이 바라보는 동준 사형.

이 사람이 왜 할아버지에게 평생 충성했는지 알 것만 같다.

'같은 종류의 사람이구나.'

할아버지와 같은 과였다.

◆ ◈ ◆

　상혁이와 나는 연무장에서 춤을 추고 있다.

　"그러니까 여기서는 왼발을 내밀고 오른발은 삽보(插步)로
가져와서……."

　비틀비틀.

　무게 중심이 잘 잡히지 않는다.

　이것을 자면서도 할 수 있을 정도로 수련해야만 하는 것이
다.

　"야, 이거 쉬운데?"

　상혁이 녀석은 벌써 기본 보법의 반을 능숙하게 하고 있었
다.

　아…… 천재와 범재의 차이가 이렇게 드러나는가.

　두 번째 날 연무장에는 사람들이 많았다.

　생도 모두가 첫날 배운 것들을 수련하고 있었다.

　하지만 저녁 시간이 되자 썰물처럼 모두가 빠져나갔고 상
혁이도 슬슬 밥 먹을 준비를 했다.

　"우리도 밥 먹고 오자."

　"안 가. 1,000번 하려면 아직 멀었다."

　"그럼 굶게?"

　"굶으면 안 되지. 먹는 것도 수련인데."

　수련할 때 식당 같은 곳에서 느긋하게 먹는 건 사치다.

나는 시간을 최대한 아끼기 위해 주먹밥을 만들어왔다.

"그거만 먹고 되겠어? 맛없을 거 같은데."

"내 주먹밥이 맛이 없다고?"

저런 망발을.

나찰에게 쫓길 때 그나마 쉽게 구할 수 있었던 것이 야생 쌀과 각종 약초였다.

그것으로 나는 온갖 주먹밥을 만들어 보았고 황금 비율을 알아낼 수 있었다.

"일단 잡숴 봐. 식당 같은 곳은 안 가게 될 거니까."

상혁이는 의심 가득하게 주먹밥을 받아 들고는 베어 먹었다.

미미(美味).

아름다운 맛에 상혁이의 눈이 크게 떠졌다.

"이, 이 맛은! 마치 입에서 밥알이 춤을 추는 거 같아!"

"……그 정도는 아니야."

밥알이 춤을 추면 밥을 잘못 지었다는 거잖아.

표현이야 어찌 됐든 우리는 먹는 시간까지 아껴 가며 수련에 매달렸다.

해시(오후 9시)가 되자 다른 아이들은 모두 숙소로 돌아갔다.

공부해야 할 것도 많았고 체력적으로도 이 이상 하는 건 효율이 좋지 않았다.

하지만 나는 다르다.

만년하수오와 할아버지의 극기 훈련으로 단련된 나는 공시대보의 기본을 850번째 반복하고 있었다.

상혁이는 눈물을 머금고 방으로 돌아갔다.

1,000번을 채우고 싶겠지만 녀석은 공부도 해야 했고 천뢰쌍검도 수련해야만 했다.

어찌 보면 나보다도 더 바쁜 친구다.

그렇게 홀로 남아 1,000번을 겨우 채웠을 때 유아린이 슬쩍 내 뒤로 다가왔다.

"끝났어?"

"보고 있었나?"

"응. 열심히네."

유아린은 어제처럼 다시 안색이 안 좋아진 상태였다.

세상 또한 음양이 조화를 이루고 있지만 그건 전체적으로 보았을 때뿐이다.

낮에는 양기가 많고, 밤에는 음기가 많다.

그렇기에 낮에는 비교적 괜찮던 유아린의 상태가 밤이 되면 급격하게 나빠지는 것이다.

"얼굴 보니까 빨리해야겠다."

"응. 부탁할게."

유아린과 나는 전처럼 마주 보고 앉았다.

"저번에는 보여 주려고 손목으로 했지만 가장 좋은 건 손

바닥을 마주하는 거야. 괜찮지?"

"응. 여기."

유아린은 손바닥을 하늘로 향하게 내밀었다.

이런 걸 섬섬옥수라고 한다는 생각이 절로 들었다.

이게 뭐라고 긴장되냐?

나는 심호흡을 한 뒤 유아린의 손 위로 내 손을 포갰다.

"어제 했던 것처럼 기를 나한테 불어넣으면 돼. 천천히."

"알았어."

유아린이 눈을 감고 기를 넘겨주기 시작했고 나는 음기만
을 받아 차곡차곡 쌓았다.

뭔가 기분이 묘했지만 이번에는 어제와 같은 빌어먹을 실
수를 하면 안 된다.

그나저나 음기가 엄청나게 밀려온다.

아직도 안 끝난 걸까?

균형을 맞춰야 했기에 나는 음기를 바로바로 심장으로 이
동시켜 양기로 바꾸었지만 자칫 잘못하면 몸에 음기가 더 많
아질 위험도 있었다.

하지만 위험을 감수한 만큼 극양신공의 숙련도는 빠르게
올라가고 있었다.

그렇게 한참.

혈색이 좋아진 유아린이 눈을 뜨며 걱정스럽게 말했다.

"괜찮아?"

"어? 아, 괜찮아."

괜찮지 않다.

식은땀이 절로 흐르고 있었다.

양기보다 음기가 많아지면 한기가 돌아 몸이 벌벌 떨리고 집중하기가 힘들어진다.

"잠깐만. 나 집중 좀 할게."

나는 남은 음기마저 심장으로 보내 양기로 전환했다.

갑자기 엄청난 양의 음기가 들어오자 심장이 '미쳤습니까? 인간?'이라고 말하는 것만 같다.

하지만 지도 죽기는 싫은지 금방 양기를 만들어 냈고 나는 다시 일어나 양기를 방출했다.

이번에는 5분이나 지속하였고 이는 유아린이 가지고 있던 음기의 양이 그만큼 많았다는 것을 뜻했다.

그렇게 양기를 뿜어낸 나는 유아린의 옆에 주저앉았다.

확실히 생각지도 못한 행운이다.

원래의 계획대로라면 온종일 내공을 모은 뒤 거기서 음기만 뽑아 양기로 만들고 방출해야만 했다.

하지만 이 방법에는 엄청난 단점이 있었다.

바로 내공을 모을 시간이 없다는 것이다.

열심히 모은 내공을 전부 양기로 만들어 방출해야 할 테니 말이다.

하지만 유아린을 만나 음기를 받을 수 있으니 내공은 내공대로 모으고 수련은 수련대로 할 수 있다.

덕분에 더욱더 빠르게 고수가 될 수 있을 거 같다.

"역시 나는 운이 좋아."

"응?"

"아무것도 아니야."

나는 유아린을 향해 미소를 지으며 말했다.

"그럼 매일 이 시간에 볼까?"

"어? 응. 그러면 좋지."

매일 유아린을 감시하면서 극양신공 수련까지 할 수 있으니 이거야말로 완벽한 계획 아니겠는가.

"그런데……."

그런데?

보통 그런데 뒤에는 나쁜 말이 붙기에 긴장할 수밖에 없다. 유아린은 뭘 요구하려는 것일까?

"그 주먹밥 남아 있어?"

갑자기 주먹밥?

"응?"

"그 네 친구가 먹었던 거. 맛있어 보이던데……."

"어, 어. 남았지. 줄까?"

"응."

이건 또 뭐람?

하긴 상혁이의 반응이 매우 크긴 했다. 아무래도 그걸 구석에서 지켜보고 있었던 것 같다.

어쨌든 내 야심작이니 자랑스럽게 내놓을 수 있다.

유아린은 주먹밥을 받아 들고는 한입 베어 먹으며 말했다.

"……맛있네."

달빛을 맞으며 먹는 유아린을 보던 나는 고개를 돌렸다.

주먹밥 많이 싸야겠다.

◆ ◈ ◆

시간은 빠르게 흘러 3달이 지나갔다.

유아린은 약선을 기다렸다.

음양조화신공(陰陽調和神功).

성무학관에 입학한 유일한 이유이며 그녀에게는 마지막 희망과도 같은 무공이었다.

하지만 3개월을 수련했음에도 남의 기를 다루기는커녕 자신의 음기마저 제대로 억누를 수가 없었다.

"왔느냐?"

"네, 스승님."

백발의 작은 노인은 유아린에게 손을 내밀었다.

"그럼 한번 보자꾸나."

"네."

가만히 눈을 감고 있던 약선은 빙긋 미소를 지으며 말했다.

"처음 왔을 때보다 매우 좋아졌구나. 이대로 가면 완치도 가능하겠어."

"감사합니다."

"표정이 좋지 않은 거 같은데. 왜 그러느냐?"

"아닙니다, 스승님. 그럼 수련하도록 가겠습니다."

유아린은 자리에서 일어났다.

몸이 좋아진 것은 음양조화신공을 배웠기 때문이 아니었다.

매일같이 억누르던 음기를 서하가 모두 가져가 준 덕분.

음양조화신공으로는 음기를 다스릴 수 없다.

'고작 3개월 배웠을 뿐이야. 더 해 보자.'

한숨만 나온다.

서하가 없었다면 어떻게 되었을까?

'노력하자.'

유아린에게는 이제 수련하는 방법밖에 없으니까.

유아린이 그렇게 생각할 때 약선은 멀리서 그녀를 보았다.

그 또한 알고 있었다.

유아린의 상태가 좋아진 것은 음양조화신공 덕분이 아니라는 것을.

'만약 효과가 있다고 하더라도 3개월 만에 저리 좋아질 수는 없겠지.'

약선은 혀를 차며 생각에 잠겼다.

'누가 어떤 조화를 부렸는지 모르겠군.'

하지만 옛 제자 딸의 상태가 좋아지고 있다는 것은 확실했
다.

"스스로 말할 때까지 기다려 볼까?"

약선은 걱정스러운 눈으로 유아린을 바라볼 뿐이었다.

◆ ◈ ◆

"그러고 보니 선인님이 원래 성무학관 교관이었습니까?"

"왜? 꼽냐?"

"아뇨. 너무 좋아서. 하하."

진심이다.

나는 강무성이 성무학관의 교관이 된 것을 진심으로 반기
고 있었다.

유일하게 내 마음대로 할 수 있는 선인이니까.

그걸 아는지 모르는지 강무성은 미간을 찌푸리며 말했다.

"너 때문이잖아. 너 수석 시키려다 이 꼴이 되어 버렸어."

"운성에서 따졌군요."

"그래, 그 영감탱이가 개지랄을 떨더라. 거기에 화난 내 윗
분께서 애들이나 가르치며 성격 죽이라고 하더라고."

"덕분에 우리 훌륭한 선인님 밑에서 생활할 수 있어서 아
주 기쁩니다."

"……징그러우니까 그만해라."

나는 빙긋 미소를 지었다.

정말로 좋으니까 그렇지.

성무학관에 입학한 지도 벌써 3개월이 지났다.

그동안은 별일 없이 신로심법, 수업, 수련, 극양신공이라는 일과를 충실히 따랐다.

덕분에 음기와 양기를 나누는 것도 어느 정도 익숙해졌고 일검류의 초식 중 하나인 용섬(龍閃)도 꽤 익숙해졌다.

지금까지 그 초식만 수련했다는 게 함정이지만.

어쨌든 이번 면담은 앞으로의 수련 방향과 지금까지의 성적을 확인하는 것이었다.

성적이 좋지 않은 생도에게는 경각심을, 성적이 좋은 생도에게는 칭찬하기 위한 자리.

강무성은 내 성적표를 보며 말했다.

"여전히 필기는 만점이구나. 머리는 좋은가 보네."

"수련 평가도 좋습니다."

"그거야 너희 가문 사람이 하는 거니까 그렇고. 내 평가는 아직 없다."

"에이, 칭찬이 인색하시네요."

"평가는 곧 있을 실기에서 볼 거다."

"안 그래도 그 실기 말인데요. 보통 2인 1조잖아요."

"그렇지."

강무성은 내 눈치를 보다 말했다.

"왜? 네 친구 한상혁이랑 붙여 달라고? 그건 안 된다. 공정하게 제비뽑기로 할 거야."

"아닙니다. 굳이 상혁이랑 해 달라고 제가 부탁하겠습니까?"

"그럼 누구?"

"유아린이요."

"……너 걔 좋아하냐?"

"그런 거 아닙니다."

"아니긴 뭐가 아니야? 난 너의 연애 사업에 끼어들고 싶은 생각 없다. 지금부터라도 신한테 빌어. 유아린이랑 같은 조하게 해 달라고."

"에이, 그럴 필요 없죠."

바로 지금이 강무성의 약점을 사용할 때다.

"그 효정 선인님은 잘 계십니까?"

"……누구?"

"그분 있잖아요. 선인님이 짝사랑하는 최효정 선인님. 선인님이 자주 쓰는 손수건 만드신 분."

강무성의 표정이 굳어졌다.

조금 무섭다.

원래 사람의 약점은 건드리면 안 되는 것이라는데, 아주 약하고 약한 곳을 내가 푹 찔러 버렸다.

하지만 멈출 수는 없었다.

다행히 강무성이 이곳의 교관이라는 것을 안 그 순간부터 연습한 순간이었기에 말은 술술 나왔다.

"거기 이건하로 적혀 있죠?"

"……하아."

강무성은 작게 한숨을 쉬더니 자리에서 일어나 검을 뽑았다.

"오늘 너도 죽고, 나도 죽자."

저 사람 진심이다.

저 손수건은 최효정이 나의 사촌 형인 이건하에게 주려고 짠 것이었다.

그렇게 열심히 짜서 건넸지만 이건하는 받자마자 쓰레기통에 던졌고 그걸 강무성이 주워 가지고 있던 것이다.

자기가 좋아하는 여자가 열심히 만든 손수건.

그걸 버릴 수 없었겠지.

나는 진검을 들고 걸어오는 강무성에게 손을 내보이며 말했다.

"진정하세요. 진정. 저는 선인님 편입니다."

"그럼 죽어 주면 되겠네."

"같은 편인데 왜 죽여요?"

"죽은 자만이 비밀을 지키는 거 몰라?"

"잠깐 얘기 좀 들어 보세요. 전 최효정 선인님이 무성 선인님과 이어져야 한다고 생각합니다."

"……뭐 하고 싶은 거야, 지금?"

"제가 최효정 선인님과 무성 선인님이 이어질 수 있게 도와 드리죠. 그 완전 또라이인 건하 형님이랑은 떼어 놔야 하지 않겠습니까?"

강무성은 나를 의아하게 보다가 검을 내려놓았다.

일단 한시름은 놓았다.

"근데 너 손수건은 어떻게 알았어? 아무한테도 말한 적 없는데."

"정보통이 있습니다. 그리고 그 정보통이 최효정 선인님의 취향도 다 알려 줬죠."

"그 정보통을 알려 주면 너와 같이 묻어 주마."

"그러시면 안 되죠. 이제부터 제가 효정 선인님과 잘되시도록 도와 드릴 텐데."

"너 같은 꼬맹이가?"

"연애 경험은 무성 선인님보다 많습니다."

내가 전생에 연애만 몇 번 해 봤는데. 그리고 무엇보다 강무성보다 연애를 적게 해 본 사람은 있을 수가 없다.

"무성 선인님, 엄마 손 빼고는 여자 손도 못 잡아 보지 않았습니까?"

순간 강무성의 손이 내 머리를 때렸다.

피할 수 없는 속도.

엄청난 충격이었지만 맞을 만했으니 일단 맞아 주자.

"아야야, 효정 선인님 이상형은 아십니까? 전 그걸 알려 줄 수 있습니다."

강무성은 씁쓸하게 말했다.

"……이건하잖아. 나한테 그러더라. 자기 이상형이라고."

"아닙니다."

그건 그냥 얼굴 보고 반한 거다.

진짜 이상형은 만나 봐야 아는 법.

훗날 최효정은 강무성과 이어진다. 이건하에게 지친 그녀는 강무성에게 하소연을 했고 결국 저 손수건을 발견한다.

그때는 난리가 났었다.

후방에 있던 나에게까지 소문이 들려왔을 정도니까.

어쨌든 이 손수건을 네가 왜 가지고 있냐는 질문에 강무성은 고백으로 답을 해 버렸고 그로부터 일주일 뒤 두 사람은 사귀게 된다.

효정 선인도 돌아보지 않는 이건하보다 10년 넘게 자신만을 바라보는 강무성을 선택한 것이다.

"효정 선인님은 자기를 좋아하는 사람을 좋아합니다. 자길 좋아하는 사람을 무시할 수 없는 착한 분이니까요. 그리고 무성 선인님이 뭐가 떨어집니까? 그 완전 피도 눈물도 없는 사촌 형보다는 낫죠."

난 강무성과 최효정을 이어 줄 수 있다.

아니, 내가 잇지 않아도 어차피 이어질 사람들이다.

"어떻게 하게?"

"그건 차차 알려 드리겠습니다. 비밀도 지키고, 사랑도 지키고. 얼마나 좋습니까? 저랑 아린이를 같은 조로만 붙여 주면 이 모든 것이 해결!"

"안 붙여 주면?"

"효정 선인님에게 무성 선인님이 손수건을 가지고 있다고 말할 겁니다."

"죽으면 말 못 할 텐데?"

"그럼 제 정보통이 말할 겁니다. 이런 걸 사면초가라고 하죠."

"……어쩐지 처음부터 마음에 안 들더라. 너희 가문은 나한테 도움이 안 되냐?"

"이제부터 도와 드릴 겁니다. 믿어 주시고 아린이만 저랑 붙여 주세요."

강무성은 잠시 고민했다.

하지만 청렴결백과는 거리가 먼 강무성이다. 대놓고 위법을 저지를 위인은 아니지만 그는 조금 더 즉흥적인 부분이 있다.

"제비뽑기는 홀수와 짝수가 조가 되게 만들 거다. 통 안에 동그랗게 말려 있는 게 유아린이다. 알았냐?"

역시.

그럴 줄 알았다.

"감사합니다. 이 은혜는 사랑의 결실로 갚겠습니다."

"제발 아무것도 하지 마. 그리고 그 정보. 무덤까지 안 가져가면 그때는 철혈님이고 뭐고 넌 죽는다. 알았냐?"

"물론이죠. 남아일언중천금 아닙니까."

나는 꾸벅 고개를 숙이고 밖으로 나왔다.

안 그래도 강무성과 최효정은 빠르게 이어 줄 생각이었다.

회귀 전 강무성은 나찰과의 전쟁에서 중요한 인재였다.

하지만 그는 내 사촌 형인 이건하에게 충성을 할 수밖에 없었다.

이유는 최효정이었다.

최효정을 끌고 다니는 이건하와 최효정에게 끌려다니는 강무성.

이것은 결국 큰 비극을 불러왔다.

'이건하……'

나는 그를 사촌 형이라고 생각하지 않는다.

옳고 그름을 떠나 그는 인간에게 있어야 할 감정이 없으니까.

'언젠가는 보겠지.'

어차피 사촌 형을 보는 건 아직 먼 훗날의 이야기였다.

◆ ◇ ◆

봄 냄새가 상쾌하다.

여름 코앞으로 다가오며 날씨가 더워지기 시작했으나 아직은 봄이 더 가까운가 보다.

앞에서는 강무성이 열심히 시험에 관해 설명하고 있다.

"이번 시험은 3개월간 너희의 수련 상황을 살피는 것이다. 너희들의 목표는 남악(南岳)에 올라 주어진 임무를 수행하고 돌아오는 것이다. 수행 평가는 실전과 동등하게 무기와 갑옷을 입고 올라간다."

"임무는 지금 안 알려 주십니까?"

누군가가 질문하자 강무성이 고개를 끄덕였다.

"임무는 조가 만들어진 뒤 무작위로 배정될 것이다. 조는 홀수 순위와 짝수 순위가 같이할 것이다."

"아, 그럼 뭐야? 나는 너랑 같은 조 못 하잖아."

상혁이 녀석이 머리를 부여잡았다.

상혁이는 9번이었으니 1번인 나와는 절대 같은 조가 될 수 없다.

"난 너랑 같은 조 하기 싫어. 맨날 붙어 다니는데 이럴 때 다른 애들이랑도 친해지고 그러자 좀."

"점수 때문에 그러지, 점수. 너랑 하면 만점일 거 아니야."

"와…… 친구를 점수로 보다니."

"시험 때는 그럴 수밖에 없습니다. 수석님은 모르겠지만 난 점수가 좋아야 네 할아버지한테 면목도 서고 그러지. 갑자기 내년에 지원 끊으시면 어떡해. 그런 의미로 제발 유아린이라도."

남자들은 다들 같은 마음이었을 것이다.

될 수 있으면 실력 좋고 예쁜 유아린과 함께하고 싶겠지.

그건 한영수도 마찬가지였다.

나와 유아린이 함께 다니는 것을 이를 갈며 지켜보던 한영수는 기도를 올리기 시작했다.

유아린이랑 같은 조가 되게 해 달라는 것이겠지.

그런데 어쩌냐?

이미 하늘은 나의 편인데.

그냥 설명을 듣고 있는 것도 심심하니 녀석을 놀려 주도록 하자.

난 한영수의 옆으로 가 슬쩍 말했다.

"왜? 유아린이랑 같은 조 하게 해 달라고 빌고 있냐?"

"……꺼져라. 너랑 말도 섞기 싫으니까."

"에이, 신도 생각이 있지. 설마 너랑 유아린을 붙이겠냐?"

"꺼지라고 했다."

"신은 자비로워서 애초에 안 될 일은 희망도 주지 않는 법이야."

"아씨! 꺼지라고 좀!"

한영수가 화를 낼 때 강무성이 말했다.

"그럼 1번부터 나와서 조원을 뽑아라."

나는 빙긋 웃어 보이고는 단상 위로 올라갔다.

수석이라 행복합니다.

나는 짝수가 들어 있는 통을 휘적거리며 돌돌 말려 있는 쪽지 하나를 잡아 뺐다.

괜히 나중에 누가 트집 잡을 수도 있으니 안에서부터 펼치며 말이다.

그리고 그 결과를 크게 말해 주었다.

"2번입니다."

"……그럼 2번 유아린이랑 조다. 유아린은 옆으로 빠지고 다음 3번 나와서 뽑아라."

한영수는 믿을 수 없다는 듯 입을 쩍 벌리고 나를 바라봤다.

이런 중요한 일을 하늘에 맡기다니.

하늘에 맡기는 건 가능한 모든 일을 한 뒤 해야 하는 거다 이놈아.

역시 한영수는 놀려 줘야 제맛이다.

나는 아린이을 마주하고 있었다.

3개월간 매일 밤에 주먹밥을 나눠 가지며 기까지 나눈 사이다.

이제 이름으로 불러도 되지 않을까?

물론 속마음으로만 말이다.

"임무는 뭘 주려나."

"……."

"쉬운 거였으면 좋겠는데. 뭐 짐작 가는 거라도 있어?"

"……나? 글쎄. 모르겠네."

여전히 아린이는 과묵했다.

3개월간 본 아린이는 두 단어로 설명할 수 있었다.

천상천하 유아독존.

워낙 아름다운 외모에 차석이라는 실력.

아린이는 누구나 다가가고 싶은 매력적인 사람이었으나 그 누구도 단답형 말투와 온종일 공부 아니면 수련뿐인 그녀와 친해질 수는 없었다.

그건 나도 마찬가지인 것만 같다.

'힘드네.'

언젠가 자연스럽게 은월단 이야기를 꺼내 반응을 볼 생각이었지만 아린이는 그럴 기회를 주지 않았다.

만나서 기 나누고, 밥 먹고, 끝.

아린이는 결코 먼저 대화를 시작하는 일이 없었고 내가 먼저 시작하더라도 이어 가기가 쉽지 않았다.

하지만 이번에는 다르다.

실기 시험 같은 조라는 공통된 주제가 있으니 자연스럽게 말을 많이 할 수 있으리라.

"자, 그럼 임무를 받아 가라. 기본적인 임무는 모두 같으니 고르지 말고 빨리빨리 가져가라."

시험인 만큼 강무성의 말대로 임무는 대부분 비슷할 것이다.

나는 죽간(竹簡)을 하나 가지고 와 펼쳐 보았다.

-지도에 표시된 지역에서 추영초(秋英草)를 찾아 10뿌리 가지고 오라. -

"추영초네."

옆에서 읽던 유아린이 고개를 끄덕였다.

나는 슬쩍 강무성을 보았다.

이런 임무였구나.

추영초는 가을에만 꽃을 핀다고 해서 붙은 이름이다.

가을에 꽃을 피우는 식물은 많았으나 추영초는 붉은 낙엽과도 같은 꽃을 피웠기에 더욱 가을의 느낌이 났다.

문제는 지금이 가을이 아니라는 것이다.

지금 시점의 추영초는 잡초들과 별반 다를 것이 없다.

물론 차이는 있다.

하지만 책으로 약초학을 배운 생도들이 이를 쉽게 구분할 수 있을 리가 없었다.

"약초학 시험도 같이 보는 거네."

다들 개고생할 게 눈에 보인다.

모두가 임무를 확인하자 강무성이 말했다.

"시험은 오늘 일몰까지다. 약 한 시진 후 감독관들이 너희의 뒤를 쫓을 것이다. 이번 경우 잡힌다고 낙제점을 주지는 않겠지만 그만한 벌점이 부여될 것이니 흔적 지우기에 신경 쓰는 것도 잊지 마라. 그럼 지금부터 출발해라."

그렇게 첫 번째 수행 평가가 시작되었다.

◆ ◈ ◆

수도의 한 객잔.

비단옷을 입은 이주원은 민머리의 남자에게 술을 따라 주었다.

"준비는 됐어? 오늘이 거사일인데."

백두검귀(百頭劍鬼).

머리 100개를 자른 검귀라는 뜻이었다.

민머리의 남자는 바로바로 술을 넘기며 말했다.

"남자 새끼여도 예쁘장한 놈이 따라 주니 맛있네."

"호오."

이주원은 주먹을 볼에 가져다 대며 말했다.

"우리 오빠, 주원이가 따라 주니 맛있어?"

"크하하하하하! 절경이다. 절경이야."

백두검귀는 깔깔거리며 웃다가 술잔을 집어 던지고는 일어났다.

"다음부터는 역겹게 네가 나오지 말고 여자 보내. 여자. 알았냐?"

"까칠하네. 유아린은 안 건드리는 거 알지?"

"안 건드릴 거야. 근데 우리 편은 맞아?"

"몰라."

이주원은 어깨를 으쓱했다.

"선생은 자기 계획을 다 말하지 않아. 그래도 뭐 우리 편이라니까 우리 편이구나 하고 따라야지. 안 그래?"

백두검귀는 피식 웃고는 이주원에게 말했다.

"그래, 선생은 배운 사람이니까 따라 줘야지. 이서하라고 했지? 이강진이 손자. 청신."

"응. 청신이야. 아주 굉장한 가문이지."

"그래, 굉장한 가문."

백두검귀는 몸을 돌려 남악을 바라보며 말했다.

"근데 멱따면 내는 소리는 천민이나 양반이나 별거 없더라. 다녀오마. 그때까지 여자 준비해 놔. 예쁘고 어린 애로."

이주원은 백두검귀가 사라질 때까지 미소를 짓고 있다가 정색했다.

"지랄하네. 대머리 새끼가. 선생이 저건 언제 버리려나?"

높은 남악.

산을 올려다보던 주원은 긴 머리를 휘날리며 도시 안으로 사라졌다.

◆ ◈ ◆

"여기 있네. 추영초."

성무학관에서 추영초가 있는 남악의 안쪽까지는 아무리 빨리 달려도 한 시진은 족히 걸렸다.

돌아가는 시간까지 생각한다면 이제 한 3시진 정도가 남은 셈.

그래도 여름이 다가오면서 일몰까지는 시간이 많이 늘어나 입학시험 때보다는 여유가 있었다.

그때 아린이가 풀을 한 움큼 들고 오며 말했다.

"이것들은 추영초가 아니야?"

"한번 보자."

나는 아린이가 가져온 것들을 살펴보았다.

"이건 잡초고, 이건 독초고……."

추영초는 꽃을 피우기 전까지는 다른 풀들과 크게 다르지 않았다.

오히려 너무 흔해서 더 알아보기가 힘든 약초였다.

아린이에게는 미안하지만 그녀가 따 온 것 중에 추영초는 없었다.

"다 아니네."

"……미안. 다 아니었구나."

"헷갈리니까. 어쩔 수 없지."

아린이는 풀이 죽어 땅에 떨어진 것들을 바라봤다.

아무래도 설명이 필요할 것만 같다.

나는 방금 발견한 추영초를 보여 주었다.

"자, 봐봐. 추영초는 줄기에 털이 하나도 없어. 그리고 무엇보다 잎의 뒷부분을 보면 여기 잎맥이 각이 진 곳이 없이 매끄러운 곡선을 가지고 있잖아. 이런 걸 찾으면 돼."

이래서 함정이 많은 시험이라는 것이다.

추영초는 꽃을 피우기 전에는 알아보기 힘든 약초 중 하나였다.

이는 중요한 훈련이었다.

무사들은 최대한 많은 경험을 위해 무조건 한 번은 원정대에 참가해야 한다.

원정대는 아직 마수가 전부 정리되지 않은 지역으로 들어가야 하기에 언제든 낙오될 위험성을 가지고 있다.

불도 피울 수 없고, 남은 식량도 없을 때 뜯어 먹을 수 있는 거라고는 이러한 약초들뿐이다.

멍청이들은 살아남을 수 없는 야생이라는 뜻이다.

"응. 찾아볼게. 넌 아는 게 많네."

"그냥 책에 적혀 있어서. 암기력이 좋거든."

"무공도 뛰어나고."

아린이는 아주 살짝, 미세하게 미소를 짓고는 말했다.

"그래서 괜찮을 거 같아."

"응?"

"아니야. 찾으러 가 볼게."

뭔가 중요한 걸 놓친 거 같은데 말이다.

아린이는 나름 차석인 만큼 설명을 찰떡같이 알아듣고 몇 뿌리를 찾아왔다.

양은 많지 않았으나 구역이 정해져 있는 만큼 찾는 게 어렵지는 않았다.

게다가 아린이는 무슨 전생에 약초꾼이었는지 무려 일곱 뿌리나 혼자 찾아왔다.

역시 집중력이 남다른 친구다.

"다 모았네."

약 한 시진 정도가 걸렸나?

나는 태양을 올려다보다 고개를 끄덕였다.

남악의 안쪽까지 들어오는 데 한 시진, 찾는 데 한 시진이라면 여유롭게 돌아갈 수 있을 것만 같다.

"슬슬 돌아갈까?"

"응."

"돌아갈 때도 감독관한테 걸리면 감점일 테니까 시간은 좀 걸려도 다른 길로 가자."

감독관에게 잡히지 않고 약초를 확보해 돌아가는 것. 그

것이 이번 수행평가의 최종 목표였기에 돌아가는 길에도 조심해야만 했다.

아린이는 고개를 끄덕이고는 내 뒤를 졸졸 따라왔다.

그나저나 아무리 감독관들이 늦게 출발했다고 하더라도 그들의 기조차 한 번 느끼지 못한 것은 좀 의아했다.

'너무 흔적을 안 남긴 걸까?'

아니다.

나는 몰라도 아린이는 꽤 흔적을 남겼다.

흔적을 지운다는 것은 경험의 영역이었다.

발자국은 물론이었고 가지의 방향, 흙의 눌림 정도, 심지어는 냄새까지. 흔적을 완벽하게 지우려면 다양한 지식과 경험이 필요했다.

아무리 뛰어나도 15살짜리가 완벽하게 흔적을 지우는 건 불가능.

'통과라는 느낌인가? 훈련 명목이니 압박이라도 줄 줄 알았는데.'

감독관들이 모습만 슬쩍슬쩍 보여 줘도 생도들에게는 꽤 좋은 경험이 될 텐데 말이다.

'뭐, 내가 감독관은 아니니까.'

그렇게 생각할 때 뒤따라오던 아린이가 말했다.

"저기⋯⋯."

"응? 왜 그래?"

아린이는 멈춰 서서 한쪽을 바라보고 있었다.

떨리는 눈빛.

아린이를 따라 시선을 옮긴 그곳에는 감독관이 서 있었다.

아니, 정확히 말하면 목이 없는 감독관이 서 있다.

목이 없다?

비현실적인 광경에 나 또한 살짝은 머리가 멍해졌다.

"……뭐야?"

그 순간 나무 위에서 머리 하나가 뚝 떨어져 경사를 따라 굴러 내렸다.

"겨우 찾았네. 산이 넓어. 그렇지?"

나무 위에 앉아 있는 민머리의 남자.

두꺼운 박도를 든 남자의 얼굴에는 상처가 가득했고 눈빛에는 광기가 서려 있었다.

나는 저 남자를 알고 있다.

"……백두검귀(百頭劍鬼)."

백두검귀란 이명은 100개의 머리를 잘라 전시해 놓은 일에서 붙은 것이었다.

범죄자가 되기 전 그의 최종 이력은 중급 무사였으나 당시에도 선인급의 잠재력을 가지고 있다는 평가가 있었고, 훗날 그가 암살하는 이들의 이력을 본다면 선인급이라고 봐도 무방했다.

그런 강자가 왜 여기 있는가?

그리고 나를 찾아?

왜?

이런 건 계획에 없었다. 성무학관과 관련된 살인 사건은 유아린의 학살 사건밖에 없었다.

내가 모르는 다른 사건이 있었을까?

아니면 내가 입학했기에 벌어진 사건인가?

"……은월단이구나."

백두검귀는 나무에서 뛰어내려 여유를 부렸다.

"이 친구한테는 미안하네. 나를 발견해 버려서. 어쩔 수 없었어."

계속 떠들어라.

내가 생각을 마무리할 때까지라도 계속.

이제 어떻게 해야 할까?

백두검귀와 싸워서 이기는 건 말이 되지 않는다.

아린이는 내 편을 들어 줄까?

아직 아린이가 은월단이 아니라는 확신도 없었다.

당황한 표정과 떨리는 입술을 본다면 십중팔구 관계가 없다고 볼 수 있으나 그것도 연기일 가능성을 배제하면 안 된다.

"피차 귀찮게 달리지 말고 빨리 끝내자."

백두검귀가 움직이기 시작한다.

생각할 시간이 더 필요하다.

녀석을 어떻게 이길 수 있을까?

어떻게 하면 이 위험을 벗어날 수 있을까?

감독관. 강무성. 한상혁. 유아린.

내가 가진 패를 전부 떠올렸으나 그 무엇도 떠오르지 않는다.

그렇다면…….

"튀어!"

내가 달리기 시작하자 유아린이 바로 나의 뒤를 따라왔다.

"하긴, 그냥 죽으라면 죽을 사람은 없겠지. 그래, 마지막으로 시원하게 달리자."

백두검귀가 따라온다.

엄청난 속도였다.

3개월 동안 무공을 수련하며 나의 경공법도 꽤 수준이 올라갔으나 잡히는 건 시간문제 같았다.

그래도 다행이라면 이곳이 남악이라는 것이다.

길 찾기에서는 내가 위다.

최대한 험난하고 방향을 많이 틀어야 하는 장소로 유인한다면 속도전에서 승산이 있었다.

어떻게 백두검귀를 죽일지는 그 뒤에 생각하자.

그렇게 생각하는 순간이었다.

"……아."

아린이가 작은 탄성과 함께 넘어지는 것이 보였다.

산속에서 최대 속도로 달리다 보니 돌부리에 걸린 것이었다.

"아린……!"

넘어진 아린이가 백두검귀에게 따라잡히는 것이 보였다.

이미 중심이 무너졌기에 칼 한 번 휘두르면 아린이의 목이 날아갈 것이었다.

그 순간이었다.

백두검귀는 아린이를 슬쩍 보고는 미소를 지으며 말했다.

"아이고, 우리 편 다치면 안 되는데."

우리 편?

백두검귀는 아린이를 풀쩍 뛰어넘어 내 뒤를 쫓았다.

애초에 목표는 나였다는 듯이.

그보다 우리 편?

은월단.

나는 다시 고개를 돌렸다.

생각하지 말자.

아린이는 은월단이라고 생각하자.

이 일을 무사히 넘기면 이 중요한 정보를 가지고 더 완벽하게 계획을 세울 수 있다.

신경 쓰지 말자. 신경 쓰지 말자.

그런데 신경 써 버렸나 보다.

나는 눈앞의 가파른 내리막길을 바라봤다.

미끄럼틀과 같은 내리막길. 나무와 날카로운 가시가 많다.

여긴 내려갈 수 없다.

내려가 봤자 잡힌다.

그리고…….

"다 뛰었어?"

백두검귀는 내 뒤에 있다.

이제 싸워야 한다.

나는 마음을 가다듬었다.

180년간 이런 추격전은 100번도 더 해 봤고 나보다 강한 놈들과는 1,000번 넘게 싸워 봤다.

그럼에도 난 살아남았다.

그리고 이번에도 살아남을 것이다.

"그럼 죽자."

백두검귀가 박도를 휘둘렀다.

내 몸은 이에 본능적으로 반응했다.

매일 천 번 넘게 연습한 보법대로 몸이 움직이며 박도와 나의 검이 부딪혔다.

캉! 하는 소리와 함께 나는 백두검귀의 팔을 잡았다.

"응?"

"진흙탕으로 가자."

이런 게 임기응변이라는 거다.

나는 백두검귀와 함께 내리막길을 굴렀다.

중간에 나무에 부딪혀 크게 다쳐 줬으면 좋겠는데 말이다.

그 전에 내가 그렇게 될지도 모른다.

순전히 운.

하지만 나는 운이 좋다.

그렇게 경사를 데굴데굴 구른 나는 옆구리를 잡으며 일어났다.

상처는 많았으나 뼈가 부러진 곳은 없다.

그러면 백두검귀는……?

바로 내 앞이네.

이런 씨……!

박도가 눈앞에 날아오고 난 검으로 겨우 막았다.

충격에 골이 울릴 지경이다.

멀찌감치 날아간 나는 겨우 자세를 잡았다.

내리막길을 굴러오느라 더러워진 백두검귀는 짜증 가득한 얼굴로 말했다.

"어린 게 더럽게 싸우네. 네 애비가 그렇게 가르치더냐?"

"그럼 너는 네 애비가 자는 애들 죽여 놓고 잘난 척하라고 가르쳤냐?"

"뭐?"

"너 백 명 죽인 거. 그거 싸워서 죽인 거 아니잖아."

적어도 말싸움은 질 생각이 없다.

적과 실력 차가 난다면 방심을 유도해야 한다.

백두검귀 정도 되는 실력자가 나를 상대로 방심하겠나?

거기다 그는 암살자다.

나를 빨리 죽이고 이 산을 벗어나고 싶을 터.

방심 같은 걸 할 리가 없다.

그렇다면 그를 흥분시킬 수밖에 없다.

감정에 따라 움직이면 분명 허점이 나올 테니까.

"자는 애들 기습한 거면서 잘난 척은. 그러고도 백두검귀라니. 나 같으면 쪽팔려서 못 살아. 낯짝에 철판이라도 깔았나. 얼굴은 어떻게 들고 산다?"

"……많은 걸 아는구나?"

"그럼, 다 알지. 너 그 머리에 상처도 싸우다 난 거 아니잖아. 처맞다가 난 거지. 그걸 무슨 훈장처럼 그렇게 보이고 다니냐. 머리까지 밀고. 아, 안 나는 건가?"

"하……."

백두검귀의 이성이 날아가는 게 보인다.

그의 중급 무사 시절은 동정할 만큼 지옥과도 같은 나날이었다.

백두검귀는 평민 출신으로 재능을 보이며 중급 무사가 되었으나 상급자들의 미움을 사 매일 구타를 당했었다.

그러던 그는 결국 새벽에 모두를 죽인 뒤 머리를 장식해 놓고 탈영했다.

물론, 이건 소문일 뿐이었다.

하지만 출처가 정확했다.

바로 은월단.

백두검귀가 현재 은월단 소속인 걸 보면 분명 아마도 훗날 은월단과 틀어지면서 이러한 정보가 보복성으로 유출되었을 것이다.

그렇게 명예가 실추된 백두검귀는 며칠 지나지 않아 시체로 발견되었었다.

"그래, 다 사실이다."

백두검귀는 박도를 꽉 잡으며 외쳤다.

"하지만 너만 죽으면 아무도 모르는 사실이지!"

온다.

백두검귀과 악을 쓰며 달려오는 것이 보였다.

이제 여기에 반격만 할 수 있다면 나의 승리다.

하지만 내 움직임이 너무나도 느리다.

도발된 백두검귀는 사정 봐주지 않겠다는 듯 온 힘을 다해 공격해 왔다.

내 의도대로 동작은 커졌지만, 생각보다 훨씬 빠르다.

이건…….

'못 막아.'

막을 수 없다.

이번 인생은 여기까지인가?

회귀는 실패인가?

그럴 수 없다.

움직여라.

제발……!

"죽어어어어어어!"

백두검귀가 외치는 그 순간이었다.

백두검귀의 바로 옆으로 검은 그림자가 날아들었다.

긴 흑발. 심장이 내려앉을 정도로 깨끗한 피부와 호수와도 같은 눈.

풍란 향이 나의 뇌를 녹이는 것만 같다.

유아린.

그녀는 비호처럼 날아와 백두검귀의 얼굴에 손가락을 꽂았다.

거무스름한 은빛으로 빛나는 팔.

유아린의 몸 절반이 탁한 은빛으로 빛나고 있었다.

이 시대 최악의 학살자.

은혈천마(銀血天魔).

역사에 적혀 있는 그 모습 그대로였다.

〈2권에 계속〉

1,2권

선단기

체험 학습차 박물관에 방문한 유건(劉乾),
그곳에 있던 그림 하나가 그의 눈을 사로잡았다.

[백호좌애간월도(白虎坐崖看月圖)]

필치나 화풍이 특별하지 않은 그림을 살피던 도중
한 여성의 음성과 함께 극심한 고통이 밀려왔고
그림 속 백호가 튀어나와 유건을 집어삼켰다.

억겁과 같은 시간 속에 치밀어 오른 극통이 잦아들 무렵,
그가 눈을 뜬 곳은 밤하늘에 세 개의 달이 떠 있는 행성이자
선도를 밟는 신선들의 본향, 삼월천(三月天)이었다.

조휘 신무협 장편소설
NEO ORIENTAL FANTASY STORY